태도가
뮤지컬이
될 때

태도가 뮤지컬이 될 때
윤향기 지음

초판 인쇄 2019년 07월 25일
초판 발행 2019년 07월 30일

지은이 윤향기
펴낸이 신현운
펴낸곳 연인M&B
기 획 여인화
디자인 이희정
마케팅 박한동
홍 보 정연순
등 록 2000년 3월 7일 제2-3037호
주 소 05052 서울특별시 광진구 자양로 56(자양동 680-25) 2층
전 화 (02)455-3987 팩스(02)3437-5975
홈주소 www.yeoninmb.co.kr
이메일 yeonin7@hanmail.net

값 15,000원

ISBN 978-89-6253-465-8 03810

태도가
뮤지컬이
될 때

윤향기 지음

탈속과 비속을 넘나들다 통속으로 치닫는 동화, 뮤지컬

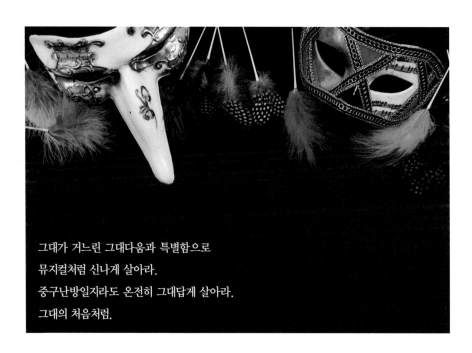

그대가 거느린 그대다움과 특별함으로
뮤지컬처럼 신나게 살아라.
중구난방일지라도 온전히 그대답게 살아라.
그대의 처음처럼.

연인M&B

『태도가 뮤지컬이 될 때』를 만나기 위해서는 늑대와 개의 시간에 출동해야 한다. 늑대에게도 개에게도 들키지 않게 살금살금 다가가 어둠이 되어야 한다.

뮤지컬에서 등장하는 어둠의 알몸들은 어둠의 또 다른 피부다. 함께 노래하며 춤추고 즐거워하는 그대의 체온이다. 휘바 휘바 두 갈래 혀가 만나고 헤어지며 경멸했던 것들에 찔린 눈물 자국이다. 타나토스적 속성에 드나드는 분탕질은 낭만적 거짓으로 투항하는 사랑에의 탐닉이다. 무수한 욕망의 기도문과 무수한 욕망으로 시침질된 횡경막 아래 숨겨진 또 다른 사랑이다.

탈속과 비속을 넘나들다 통속으로 치닫는 동화(assimilation). 본능적 나약함을 단련시키기 위해 신비한 주술을 샤먼처럼 곁에 둔 『태도가 뮤지컬이 될 때』는 희망과 행복을 어떻게 구현해 갈 수 있을까에 대한 명답이다. 사람들은 극장으로 몰려가 타인의 삶에 몰입하고 투사하며 콧물을 훌쩍이다 박장대소로 자신을 되돌아본다. 왜 그럴까?

뮤지컬에는 바로 근사한 그대가 있기 때문이다. 주인공이 된 그대의 이야기가 전개되기 때문이다. 성글 엉성하게 바라보았던 알싸한 어떤 사소한 자극이 그대의 운명을 결정짓기도 하기 때문이다. 때론 비소 같은 눈물이 꽃을 피우는 봄이 있고 눈발로 긁힌 상처가 나침반이 될 때도 있다. 비명 없는 사랑이 사람이 되는 일은 없다. 자기주장이 확실한 일탈주의자, 다양한 정체성 사이를 오가다 의도적으로 폄훼되었던 잔인한 운명론자, 흑점 부근을 지날 때조차 조크를 던지며 자유 상승하는 엔트로피, 아무도 나에게 말해 주지 않았던 것들을 말해 주는 위로의 재담가인 뮤지컬. 곰곰 생각해 보라. 뮤지컬은 황홀경의 주관자 디오니소스가 완성되는 곳이다.

  예술에 대한 정의는 다 다르다. 물고기는 먹이가 아니라 친구라고 하는 이가 있듯이. 그러나 뮤지컬에 대한 이야기는 다 똑같다. 그것은 가슴 뛰게 만들고 영혼을 비상시키는 마술과 같다고. 뮤지컬을 본 자와 뮤지컬을 보지 않은 자로 나뉘는 이분법이 있을 뿐. 오늘 본 마술에는 보속(penance)의 이름으로 범하는 홀릭된 사랑이 있다.

환희와 탄식의 야적장으로 달려가는 뮤지컬을 보는 것은 상상만으로도 즐겁다.

라이너 마리아 릴케의 말이 생각난다. "예술적 체험은 믿기지 않을 정도로 성적 체험과 흡사하다. 성적 괴로움이나 욕망은 외형만 다를 뿐 원래는 같은 동경과 행복감이다." 만약 그대가 사랑의 빛으로 상대방을 빚어 준다는 진리를 모른다면 아마 나와 동행하기가 어려울 것이다. 사랑은 목적지를 향해 위로만 돌진하는 오벨리스크 직선이 아니라 레코드판처럼 빙빙 손잡고 함께 노래하며 걷는 따스한 곡선이기 때문이다.

그대여! 행여 무자비하게 희로애락 독재에 걸려 울고불고 한다면 지금 바로 뮤지컬을 보러 가라. 한번쯤 자기 자신에게 티켓을 선물하라. 가서, 최고로 접대받는 만찬을 즐겨라. 추측하고 단정짓느라 동여맸던 절망의 밧줄을 홀홀 풀어 던져라. 바닥을 친 사람만이 타인의 눈동자 속에서 같은 아픔을 볼 수 있다. 꿀꿀한 날일수록 함부로 슬퍼지지 않기 위해…….

『태도가 뮤지컬이 될 때』에 소개한 21편의 뮤지컬들은 모두 독특한 주장을 담고 있기 때문에 선정된 그대에게 바치는 나의 오마주이다. 이 책을 읽는 동안 가슴에 무턱대고 차오르는 어떤 위안이 있다면. 그대 자신을 위해 스스로를 물어보라. 그대는 불완전한 자리에서 꽃 한 송이를 피워 낸 적이 있느냐고. 그러면 말없이 그대의 불완전한 꽃을 세상에 번쩍 들어올리면 되는 것이다. 세상에 완전한 꽃은 없다. 그대는 이 책을 읽었으므로 이미 다른 사람들과는 다른 꽃을 지닌 것이다. 그대가 거느린 그대다움과 특별함으로 뮤지컬처럼 신나게 살아라. 중구난방일지라도 온전히 그대답게 살아라. 그대의 처음처럼. 쌍떼!

2019년 노란 원추리가 환하게 웃는
풍무리 송헌 詩廊에서
윤향기

| 차례 |

태도가 뮤지컬이 될 때

태도가 뮤지컬이 될 때

그대가 거느린 그대다움과 특별함으로
뮤지컬처럼 신나게 살아라.
중구난방일지라도 온전히 그대답게 살아라.
그대의 처음처럼.

연출 : 노우성

캐스팅 : 에드거 앨런 포(마이클 리, 김동완, 최재림), 그리스월드(최수형, 정상윤, 윤형렬)

첫사랑 엘마리아(정명은, 김지우), 버지니아(사촌동생), 아내(오진영, 장은아, 오진영, 최윤정)

프란츠 사비에르 윈터할터 〈봄〉 1805~1870

그대 운명은 몇 시인가요

뮤지컬 〈에드거 앨런 포〉
Edgar Allan Poe

아주 먼 옛날이었어요. 바닷가 옆 한 왕국에

애나벨 리라는 한 여인이 살고 있었지요

이 여인은 저를 사랑하고 제게 사랑받을 생각만으로

살았답니다. 저는 어렸고, 그녀도 어렸습니다

바닷가 옆 이 왕국에

하지만 우리가 했던 사랑은 사랑, 그 이상이었어요

저와 나의 애나벨 리는 우리의 사랑으로 하여금

천상의 날개 달린 천사들의 시기를 산 이유였지요

먼 옛날 바닷가 옆 이 왕국에서

구름에서부터 한 줄기 바람이 일더니

나의 아름다운 애나벨 리를 싸늘하게 만들었던

그녀의 고귀한 친척들이 찾아와 그녀를 내게서 앗아갔지요

그리곤 그녀를 돌무덤 안에 가둬 버렸지요

바닷가 옆 이 왕국에서 천상에서 우리가 느꼈던 행복

그 반도 못 따라온 천사들이 그녀와 나를 시기했던 거예요

그래!~ 그것이 바로 이유였어요. 모든 사람이 알고 있죠

이 바닷가 옆 왕국에선요 밤중에 구름으로부터 바람이 일더니

나의 애나벨 리를 싸늘하게 죽여 버린 것이에요

그러나 우리의 사랑은 다른 사랑보다 더 강했어요

우리보다 더 나이든 사람들의 그것보다

우리보다 훨씬 현명한 사람들의 그것보다도

저 위 천상의 천사들도 바다 저 아래 악마들도

나의 아름다운 애나벨 리의 영혼으로부터

나의 영혼을 감히 갈라놓을 순 없었지요

왜냐하면 달빛이 찾아올 때마다 저는 아름다운

애나벨 리의 꿈을 꾸니까요. 별들이 솟아오를 때마다 저는

애나벨 리의 빛나는 눈동자를 느끼니까요

밤 종일 나는 내 사랑의 곁에 누워요. 나의 사랑, 나의 삶,

나의 신부 바닷가 그녀의 무덤 옆에

일렁이는 바다 옆 그녀의 무덤에.

-에드거 앨런 포 「애나벨 리」

詩의 틀을 깬 이 시를 모르는 사람은 아마 없을 것이다. 여고생 때 내 가슴을 뒤흔들던 시! 폐병으로 사망한 아내 버지니아 클렘을 기리며 쓴

애나벨 리

사랑 시. 이 뮤지컬은 19세기 미국을 대표하는 최고의 시인이자 소설가인 에드거 앨런 포(1809~1849)의 200주년 기념 뮤지컬로 2009년 독일 할레 오페라 하우스에서 초연하였다.

　뮤지컬 〈에드거 앨런 포〉는 한 세기를 앞선 천재적 문학가, 저주받은 시인으로 규정하며 출발한다. 그의 생애 전체를 어머니의 죽음, 첫사랑과 아픈 이별, 어린 아내의 죽음 등 불안, 고뇌, 외로움 속에 불꽃같은 삶을 산 인물로 표현한다. 그의 예술적 고뇌와 시인의 천재성을 잘 나타내 주는 이 작품은 포와 그의 라이벌 작가로 목사 비평가였던 루퍼스 그리스월드 사이의 사건을 그린다. 특히 에릭 울프슨의 음악을 입힌 이 작품은 실존 인물인 포의 삶을 다룬 전기라는 점에서 뮤지컬 〈엘리자벳〉, 〈모차르트〉와 유사함을 지닌다. 포의 시 「갈까마귀」를 몽환적인 깃털 펜으로 시각화한 독특한 예술성이 강조된 무대는 비극적인 음악과 시적 콜라보를 이룬다. 나는 세상을 구하는 화려한 상업 뮤지컬보다 자기 자신을 구하는 이런 예술 뮤지컬이 좋다.

포는 보스턴에서 유랑극단 배우의 아들로 태어났다. 두 살 때 아버지는 가출하고 다음해에 어머니가 폐결핵으로 죽는다. 포의 가장 큰 트라우마는 뭐니 뭐니 해도 어머니인 엘리자베스의 죽음이다. 이 모성의 결핍이 상실이 아닌 안식처라는 아이러니한 전형적인 시각으로 표현되는데 이때 하얀 드레스 차림으로 나타난다. 주요 인물들이 모두 어두운 계열 옷을 입은데 반해 여성 캐릭터 세 명 즉, 어머니, 첫사랑, 아내는 오로지 포를 위한 수동적 여성상으로 하얀 드레스를 입고 등장한다.

암울 속에 빠진 포를 챙긴 사람은 숙부 존 앨런. 그러나 삐딱한 청년기를 보내며 숙모와의 불화로 인해 버지니아대학 등록금 지원을 받지 못해

오딜롱 르동 〈에드거 포에게 : 무한대로
여행하는 이상한 풍선과 같은 눈〉 1882,
로스앤젤레스 카운티 미술관

입학을 포기하고 대신 군대에 입대한다. 그 후 육군사관학교에 입학했으
나 퇴학당하고 마침내 문학의 세계로 입성한다. 그것은 정상적으로 살기
를 바랐던 숙부와의 영원한 결별을 의미한다. 1835년 스물여섯 살에 열세
살짜리 사촌 버지니아 클렘과 결혼한 후 『검은 고양이』, 『붉은 죽음의
가면』 등을 발표한다. 1845년에 출판한 시집 『갈까마귀(The Raven)』로 유
명세를 타기 시작했으나 2년 뒤 사랑하는 아내 버지니아가 폐결핵으로
사망하면서 그의 삶은 또다시 음울의 건반을 헤엄치기 시작한다.

"태양은 잠시 사라져 지금은 달님의 시간~ 이 모든 어둠이 사라지고
새 아침이 밝아올 거야~ 달님도 어둠 속에서 조용히 널 지켜보네~ 수많

은 별들이 너를 위해 축복해~ 좋은 꿈만 꾸렴!"

  무명작가 포는 어느 날 한 잡지사 사장으로부터 목사 작가인 그리스월드의 새 작품에 대한 비평을 청탁받고 신랄한 비판의 글을 기고한다. 격분한 그리스월드는 조수 레이놀즈를 사주하여 복수할 것을 다짐한다. 그리스월드는 포의 집필을 지원한다는 명분으로 포가 창간한 잡지사에 접근하여 신작「갈까마귀」를 폄훼할 의도로 시낭송회를 열었지만 결과는 조롱 대신 대성공이었다.

  한창 사랑받아야 할 시기에 부모를 잃고, 첫사랑을 잃고, 양부모를 잃고, 아내를 잃는 과정의 무의식은 그를 미국의 셰익스피어라 부르게 만든 작품군들 속에 고스란히 녹아 있다. 생전에는 고흐 못지않게 주변의 무지와 편견으로 미국에서보다 프랑스에서 먼저 인정받고, 랭보의 상징시

와 보들레르와 말라르메
의 산문시를 낳게 하고,
아가사 크리스티와 모리
스 르블랑의 추리소설에
지대한 영향을 끼쳤다.
그뿐만이 아니다. 제임스
맥티그 감독의 영화 〈더

레이븐〉에서 포는 미친 술주정뱅이 천재작가로 등장한다. 1849년 강연 여
행을 하는 도중에 리치먼드에 들러서 과부가 된 첫 애인 로이터스와 약혼
을 한 며칠 후 한 술집 앞에서 쓰러져 있는 것이 발견되었다. 그 며칠간의
정확한 행적은 누구도 알 수 없어 그 사이의 일을 가상으로 만든 영화가
연쇄살인극 〈더 레이븐〉이다. 사인에 대해서는 20여 가지의 설이 있으나
확실한 것은 아무것도 없다. 발견 당시 병원 기록이나 그 어떤 것도 남아
있는 것이 없기 때문이다.

"내가 읽은 모든 기록으로부터 다음과 같은 확신을 얻게 되었다. 미국
이란 나라가 포에게는 하나의 거대한 감옥에 지나지 않았으며, 더 향기로
운 세계에서 호흡하도록 태어난 그는 그 속에서 열병에 걸린 듯이 우왕좌
왕 치달았다. 그것은 가스등으로 조명된 하나의 광막한 야만의 나라였
던 것이다. 그리하여 시인 또 취객으로서 그는 내적 정신생활은 이러한 적
대적 분위기의 영향을 벗어나려는 부단한 노력에 그치고 말았다."고 샤
를 보들레르는 말한다.

폴 고갱 〈네버모어〉 1897

영화 〈보헤미안 랩소디〉로 잘 알려진 영국의 하드락 그룹 '퀸'은 떠나가는 연인을 향해 〈네버모어〉(1974)를 절망적으로 불렀다. 절벽에서 막 뛰어내리려는 극한의 꼭대기. 눈물이 흐르는 이별이 아니라, 죽음을 껴안는 공포가 묻어나는 이 노래 역시 포의 「큰 까마귀」를 변주한 것으로 본다. 또 있다. 〈고양이 캬바레〉의 검은 고양이 그림 역시 포의 소설 〈검은 고양이〉에서 따온 것이다.

또 있다. 고갱 그림의 창문을 보라. 창틀 위로 까마귀 한 마리가 앉아 있고 그림의 왼편 위에는 고갱이 스스로 써 놓은 제목 'NEVERMORE'가

보인다. 제목인 〈네버모어〉 역시 여러 가지로 번역되나, 그 느낌에 가장 근접한 '끝장이야!'의 단호함이 가장 어울릴 것 같다.

그대를 향해 몸을 돌린 채 왼팔을 벋어 뺨을 감싸고 누워 있는 벌거벗은 여인은 고갱의 연인인 타히티 여인 파후라이다. 상념에 잠긴 듯 먼 허공을 응시하고 있다. 열다섯에 고갱과 동거를 시작하여 딸을 낳았지만 곧 죽었다. 〈네버모어〉는 그 무렵 어린 아내의 절망감과 당시 의욕을 상실한 고갱의 정신적 폐해가 묻어 있다. 1893년 파리로 돌아가 타히티에서 혼을 불살라 건진 작품들을 전시했으나 평단의 혹평을 받자 세상과 단절하고 다시 쫓기듯 타히티로 돌아와 파후라와 결혼한다.

> 악귀 같은 분노가 순식간에 나를 사로잡았다. 더 이상 나는 없었다. 본연의 영혼은 내 몸을 떠나 버리고, 술기운에 더욱 악랄해진 마성이 내 몸을 훑고 지나간다. (…) 내가 저지른 죄에 대해 두려움과 참회의 염이 일기는 했으나, 기껏해야 미미하고 모호한 감정에 불과했다. 영혼의 고통 따위는 없었다. 나는 다시 폭음에 빠져들고 악행의 기억 또한 와인 속에 모두 익사하고 말았다.
>
> -『검은 고양이』 중에서

아내 버지니아 클램을 추모하여 쓴 시 「애나벨 리」는 포가 사망한 지 이틀 후인 1849년에 발표된 그의 마지막 작품이다. 미국 최초의 전업작가인 앙드레 지드가 "유일하게 흠잡을 데 없는 장인"이라는 평을 한 포. 그를 그린 뮤지컬을 보며 『모르그가의 살인』, 『검은 고양이』를 쓴 소설가로 기억했던 한국 팬들은 이번 작품으로 인해 시인으로 자리매김을 확실히 했으리라 본다. 수동적 여성성을 강조하는 작품보다 주체적인 여성성을 강조하는 작품이었더라면 하는 점과 서사의 축약으로 인물간의 개연성이 떨어진다는 점이 아쉬움으로 남긴 했지만.

〈고양이 카바레〉 재개장 포스터 1980

〈포의 묘지〉 미 동부 볼티모어 공동묘지

"본 것은 절반만 믿고, 들은 것은 아예 하나도 믿지 말라."라는 명언을 남긴 채 40세로 세상을 뜬 포의 죽음 뒤에는 어떤 비밀이 똬리를 틀고 있는 것일까? 그럼에도 불구하고 그는 여전히 그해 가을 속에서 그의 나날을 아프게 했던 사랑을 만나고 있을 것이다.

까마귀

그것은 멈추거나 머뭇거리지 않고

왕이나 귀부인 같은 모습으로

문 위에 앉았다

"밤의 나라에서 흘러들어온

소름끼치는 까마귀야

밤이 다스리는 저승에서 너를 무엇이라 부르느냐

당당한 이름을 말해 보라."

나의 말에 까마귀는 대답했다

"끝장이야(Nevermore)!"

-에드거 앨런 포, 장시 「큰 까마귀」 부분

장소 : 충무아트센터

캐스팅 : 빈센트 반 고흐(박한근, 이준혁, 김경수, 조상웅), 테오(김태훈, 임강성, 박유덕, 유승현)

모리스 위트릴로 〈눈 내린 몽마르트르 언덕〉 1900

비밀요원처럼 숨어든 노란 자화상

뮤지컬 〈빈센트 반 고흐〉
Gogh, Vincent van

눈 내리는 몽마르트르 언덕 카페

압생트가 다가와 초록빛 신비주의를 따라 준다

해바라기의 노란 웃음을 찍어 36장의 자화상을 그린 남자

면죄부 찍어 팔던 부목사를 쫙쫙 찢어 버린 남자

런던 하숙집 딸에게 퇴출당한 남자

사촌에게 청혼했다 뺑 채인 남자

미모의 미망인에게 훅 채인 남자

남동생과 700여 통의 편지를 주고받은 남자

23잔의 커피로 나흘을 견딘 남자

강물 소리 무성한 창녀를 사랑해서 아버지와 척진 남자

뚱뚱한 화상들을 패스포트 도둑이라고 요약한 남자

폴 고갱과 난타 치다 자신의 귀를 자른 남자

정신병원에 자신의 발로 뎅강뎅강 들어간 남자

유폐된 계절에 있는 동안 새 울음의 안감도 찾아오지 못한 남자

신들린 듯 자신을 마셔 버린 남자

2000여 점의 작품 중 단 한 점밖에 팔지 못한 남자

심장을 돌아 나온 무표정에 권총을 겨눈 남자

37년간 수집한 별빛은 너무 자라서 이제는 껴안지도 못하는 남자

물에 빠진 제 그림자를 건져 내지 못한 남자를 만난다

눈 내리는 몽마르트르 언덕을 혁명처럼 오르내렸을 그의 구두를 흘깃 내려다본다

폭우를 뚫고 오베르 밀밭에 비밀요원처럼 숨어들던 까마귀의 뒤축을 흘깃 내려다본다. 물감 살 걱정이 싸이프러스의 주린 배를 지나 구겨진 바짓단을 적시며 낡은 구두코에 쇠구슬처럼 뚝뚝 떨어지고 있다.

−윤향기 「비상구를 마시는 남자」 전문

네덜란드의 후기 인상주의 화가 빈센트 반 고흐(1853~ 1890)는 사막에서 밥과 물감을 바꾼 뒤에 해바라기와 얼굴을 바꿔 달고는 달과 별에게로 순례를 떠났다.

뮤지컬 〈빈센트 반 고흐〉는 고흐 형제가 중심인 2인극이다. 늘 예술혼으로 불탔던 빈센트에게는 친구이자 재정적 후원자인 동생 테오가 있다. 평생의 짐이라 여겼던 형 빈센트가 스스로 생을 마감하고 난 6개월 뒤 테오는 알 수 없는 병으로 시름시름 쇠약해져 간다. 몸과 정신이 엉망이 된

상태에서도 형을 위한 유작전을 준비한다. 형과 주고받았던 편지와 그림을 통해 과거의 추억을 떠올리는 액자식. 2014년 초연 당시 이 뮤지컬은 그림이 말을 해 화제가 됐던 작품이다.

첫 무대의 소품은 이젤, 책상, 의자 등으로 너무 단출하다. 화려한 소품 대신에 3D의 영상 활용도를 높였다. 흰 벽들은 영상으로 공간을 구분 짓고 색깔이 입혀지고 오래된 시간을 불러들이기도 하며 한 바탕 빈센트의 캔버스가 되어 주기도 한다. 빈센트가 괴로워하는 장면에서는 어두운 조명이 무단으로 침입하여 신비주의에 탐닉한 불안한 심리상태를 노출시킨다. 어느 땐 벽면에 세상에 하나뿐인 나비가 날아다니고 그 나비에 손을 대면 연거푸 나비가 쫘악~ 퍼지면서 갑자기 주위가 신비한 우주처럼 바뀌어 간다. 신비롭게 나타나는 명화들은 구름 낀 눈빛처럼 빗방울 소리를 내고 서로 핥기고 부풀리며 움직이기도 한다. 이 시각적인 즐거움은 계속되는데 미처 생각지도 못한 사이에 다른 그림이 불쑥 튀어 오르거나 한바탕 제자리걸음을 하고 있는 시간의 세례를 받은 장면 등에서는 아날로그를 벗어난 번득이는 아이디어가 한껏 돋보였다. 그 휑하고 올록볼록한 벽면에 3D 프로젝팅 매핑 영상을 쏘자 빈센트의 기도문이 새겨진 입체적인 〈해바라기〉, 〈아를의 반 고흐의 방〉, 〈별이 빛나는 밤〉, 조카 빈센트의 돌날 초대받고 기념으로 그려서 가지고 간 〈꽃 핀 아몬드 나무〉, 〈씨 뿌리는 사람〉, 〈오베르 부근의 풍경〉, 〈밤의 카페〉, 〈카페테라스〉 등이 다짜고짜 뛰어내려 그대로 살아 움직이면서 무대는 발 디딜 곳이 없다. 꼭 미술관의 한 폭을 그대로 떼어다 놓은 것 같다.

　햇빛은 가려지고 불현듯 귓속을 파고드는 까마귀들의 불협화음. 날이 갈수록 영혼은 피폐해지고 총과 칼이 거침없이 부딪히고 뒤섞이다가 격렬한 고함과 비명이 뒤엉키며 귀는 잘려진다. 고된 삶을 그림으로 토해 내며 번뇌했던 빈센트의 내면을 다양한 형태로 만날 수 있는 연출이 인상 깊다. 내가 꼭 그 당시 그곳에서 울음을 연습하다가 탁류에 휩쓸려 떠내려가던 빈센트가 되어 서 있는 것 같다.

　목사의 6남매 중 장남으로 태어난 고흐는 몽마르트르 언덕에 거주하며 화상 일을 하고 1881년까지 거의 6년 동안 신비주의에 탐닉한다. 자주 루브르 박물관과 뤽상부르공원을 찾았고 하이네, 키츠, 위고, 롱펠로우 등의 문학작품에도 탐닉했다. 그는 화상 일을 하는 동안 "예술작품의 거래는 일종의 조직적인 도둑질"이라고 극언을 하다 주인에게 밉보여 1876년에 해고당한다. 첫사랑에 실패한 후 성직 공부로 부목사가 된 그는 댄스홀에서 강론을 하는 등 너무나 전위적이어서 사목직을 박탈당하고 다시 그림에 열중한다. 고흐는 동생에게 이런 편지를 보낸다.

"그림을 다시 시작하고 보니 얼마나 행복한지 모르겠다." 렘브란트의 그림에 열광하여 첫 스승으로 렘브란트를 선택했고 초기 시절에는 어두운색채로 비참한 주제를 특징으로 작품을 선보였다.

그의 그림에 등장하는 인간들은 결코 귀족이나 귀부인들이 아니다. 농부, 광부, 직조공, 우체부 등 하나같이 가난하고 소외된 채 하루하루를 살아가는 존재들이었다. 이렇게 어두운 그림만 그리다가 인상파의 밝은 그림과 일본의 우끼요에를 접하곤 일본을 방문하고자 염원했으나 꿈을 이루지 못한다. 그 대신에 풍광 좋은 남프랑스로 가서 이글거리는 밝은 태양, 빛나는 별, 삼나무 숲, 카페, 강과 다리 등 맑고 밝은 풍경에 사로잡힌 채 그림만을 그린다. 또한 36장의 자화상이 탄생된 것은 모델비가 없어서였기도 했지만 정신병과 의존성 인격장애 때문으로 자기 응시가 좁혀지면서 자신에게 깊이 집중한 결과이기도 하다. 그것도 불가능한 때에는 자주 밀레나 들라크루아의 작품을 모사했는데 어느 날 빈센트 반 고흐는 밀레의 〈만종〉을 본 순간 머뭇거릴 틈도 없이 "바로 이것이야. 홀

마네 〈튈르리 정원의 음악회〉 1860

륭한 그림은 한 편의 시다."라며 이미 저세상 사람인 밀레를 스승으로 삼
는다. 하지만 원근법을 무시하고 강렬한 색채를 사용한 그의 작품은 혐
오스럽다는 평가로 당시 프랑스 미술계의 냉대와 괄시의 대상이 된다.

    1888년 가을, 아를르에서 고갱과의 공동생활 중 성격 차이가 심해지자
발작된 정신병에 의해 자기의 왼쪽 귀를 면도날로 자른다. 이 사건은 정
신병원에 입퇴원하는 생활을 되풀이하게 한다. 발작이 없는 동안에는 계
속되는 생 레미 시대의 그림을 불꽃처럼 그려 댔다. 인생의 전부인 그림을

지속할 수 있었던 큰 이유는 전적으로 동생 테오의 덕분이다. 다시 말해 동생 테오는 빈센트에게 유일한 세상이었으며 동반자였으며 소통구였으며 죽는 날까지 돌봐준 든든한 버팀목이었다. 그런 동생에게 죽기 직전까지 편지를 남기며 삶의 매 순간과 감정을 공유했던 이들의 돈독한 형제애는 방대한 양의 편지로 남아 오늘날 '서간문학'으로서 중요한 위치를 독점한다. 생전에는 슬프게도 의사 가셰나 시냐크 등, 극히 소수의 사람에게만 평가되었지만 신들린 듯 그리며 불꽃처럼 생(生)을 태운 그의 유작은 이제 온 세상이 다 찬양한다.

압권은 1인 4역 또는 1인 3역을 맡은 2명의 배우였다. 아버지에서, 고갱이 되었다, 가셰나 박사가 되기도 하는데 이때 아주 단순한 모자나 선글라스, 가방과 같은 소품 하나와 말투, 목소리로 분위기를 완전히 바꾸

Gogh, Vincent van

어 그가 동일인물이라는 생각이 전혀 들지 않는 것이다. 오직 그림만으로 가득했던 무대는 황홀했지만 전기물 공연으로써는 다소 평면적이었다. 하지만 빈센트 반 고흐의 쉬 아물지 않는 쓰라린 저녁 같은 삶이 그대로 무대에 옮겨진 느낌은 탁월했다. 특히 압권은 누렇게 익어 구수하게 넘실넘실거리다 후욱~ 후욱~ 하고 구수한 냄새까지 맡아지는 밀밭의 엔딩 장면이었는데 이때 싱어송라이터 선우정아의 흐르는 강물 같은 음악은 작품을 더욱 유연하게 아름다운 오아시스로 이끌었다. 보는 내내 산사태에 내몰리는 고흐의 마음과 형의 그림자로만 사는 테오의 고독한 마음이 쓰나미처럼 내 마음을 때렸다. 그렇게나 불우했던 한 무리의 쓰나미가 날뛰며 쓰러져 갔다.

동생 테오는 무엇이 그리도 급했는지 형이 죽은 지 6개월 만에 어린 아들마저 놔두고 신선한 비명에 취해 형을 따라갔다. 형제는 오베르쉬르우아즈공동묘지 허름한 담장 밑으로 비로소 폴짝 내려설 수 있었다. 가장 낮고 초라하지만 결코 고백의 페이지가 줄지 않는 무덤에 나란히 누워 돈 맥클린이 부르는 노래 〈빈센트〉를 듣고 있다.

별이 찬란한 밤
그대의 팔레트를 파란색과 회색으로 색칠하고
여름날 밖을 내다보세요
내 맘속의 그림자들
나무와 수선화를 스케치해요

고흐 무덤

눈처럼 새하얀 린넨 화폭에

추위와 겨울의 한기를 색채하세요

이제 나는 알 수 있어요

당신이 내게 무엇을 말하려고 했는지

온전한 영혼을 유지하기 위해 당신이 얼마나 고통받았는지를

그들을 자유롭게 하기 위해 당신이 얼마나 노력을 했는지.

　　　　　　　　　　　　　　　　　　　　　-돈 맥클린 노래 「빈센트」 부분

　그를 더 알고 싶다면 '고흐의 죽음은 정말 자살이었을까?' 라는 의문에
서 출발해 인간적인 면모를 부각시킨 진실을 추적해 가는 여정을 그린 영
화 〈러빙 빈센트〉와 시인 이상과 고흐의 만남을 상상한 독특한 연극 〈고
흐+이상, 나쁜 피〉를 늦게라도 한번 찾아보기를 권한다.

Gogh, Vincent van

고흐 〈붓꽃〉 1889

　미스터리 형식으로 고흐의 마지막 6주를 추적한 영화는 10년에 걸쳐 제
작된 세계 최초의 유화 애니메이션이다. 〈러빙 빈센트〉는 고흐가 가장 왕
성하게 활동한 오베르에서부터 그의 죽음을 좇는 설정이다. 여타 애니메
이션과 급을 달리하는 점은 세계 107명의 화가들이 2년 동안 손으로 그

린 6만 2,450점의 유화로 완성되었다는 사실이 더욱 값지게 다가온다. 연극 〈고흐+이상, 나쁜 피〉는 천부적인 재능에도 불구하고 가난뱅이로 요절하고 만 시인 이상과 고흐의 만남이라는 작품이다. 10년 동안 1,000여 점의 그림과 1,100여 편의 시를 그리고 습작했지만 살아생전엔 그 천재성을 인정받지 못해 아무것도 할 수 없을 것 같은 무력감에 빠져들다 요절한 공통점조차 그 둘은 비슷하다. 가난과 병마에 휩싸였어도 그림과 시에 미쳐 있던 두 예술가는 말도 통하지 않는 무더운 여름 들판에서 만나 말을 섞고 동거까지 하게 된다. 이런 흥미로운 시선은 우리들에게 색다른 신기루를 찾아내게 하기에 부족감이 없었다.

그날 밤 난 아무도 모르게 고흐가 흘린 귀를 주워 오는데 성공했다.

초연 : 1999년, 영국 웨스트엔드

캐스팅 : 최정원(도나), 전수경(타냐), 이경미(로지), 성기윤(샘), 박윤희(윤빌), 이현우(해리)

세 남자를 곁들인 맛있는 식사

뮤지컬 〈맘마미아!〉
Mamma mia

꽉 찼다. 뮤지컬 전용 극장은 〈맘마미아!〉를 보려는 사람의 물결로 꽉 찼다. 만석이다. 무대는 지중해를 의미하는 쪽빛 막(幕)으로 넘실넘실거린다. '묵은 살림 헹구느라 지쳤던 당신에게 새로운 기를 보충해 드립니다.'라는 보약 광고를 낸 효과인지 인기 실감이다.

사랑에 엄격과 권위와 무관심은 없다. 이런 작품을 남길 수 있다는 것은 세상이 요구하는 사람의 반열에서 빗겨선 채 자기 자신이 되기로 결심한 사람들의 달란트에 의해서이기 때문이다. 세계적 팝그룹 아바의 히트곡 22곡을 엮어 만든 〈맘마미아!〉는 1999년 영국 웨스트엔드에서 초연됐다. 라틴어 '맘마'는 어머니, '미아'는 나의 소유격으로 '맘마미아'는 '나의 어머니'라는 뜻이다. 전 세계 50여 개국에서 공연된 인기작으로 한국에서는 2004년 1월 초연되었다. 엄마와 딸의 신나는 행복찾기인 〈맘마미아!)는 기존의 인기곡을 새로 창작한 이야기에 엮어서 '주크박스 뮤지컬'의 붐을 일으킨 작품이기도 하다. 키높이 통굽 구두와 반짝이 스판 레깅스에 거부감을 느끼는 사람은 주의해 달라는 코믹한 경고방송이 흘러나온 후 소피의 노래가 시작된다. 온통 쪽빛으로 물든 그리스 지중해의 외딴섬이 모습을 드러낸다.

1막

〈맘마미아!〉를 본 사람이라면 누구나 아름다운 그리스 섬의 모텔에서 주인공 소피가 'I have a dream'을 부르는 첫 장면을 기억할 것이다. 마치 관객들로 하여금 휴양지에 와 있는 것과 같은 착각을 불러일으킨다. 젊은 날 꿈 많던 아마추어 그룹 리드 싱어였던 도나^(최정원)는 지금 작

은 모텔의 여주인이다. 그녀는 미혼모. 사실, 그녀의 딸 소피는 항상 아빠에 대해 함구하는 엄마 때문에 아빠가 누군지도 모르고 살아왔지만 엄마의 처녀 시절 일기장을 몰래 훔쳐보다 새로운 사실을 알게 된다. 무대가 바뀌며 젊은 시절의 도나가 등장한다. 허니허니~ 숨기지마. 허니허니~ 달콤한 입맞춤. 난 그날 너무 행복했어. 너무 황홀한 밤이야. 난 네가 너무 사랑스러웠어. 그래서 난…… 샘이랑 나룻배를 타고 섬으로 갔어. 너무 끝내줘~.

어느새 도나의 스무 살 난 딸 소피가 스카이와 결혼을 하겠다고 한다. 소피는 결혼식 때 자기를 데리고 들어가 줄 아빠가 필요했다. 엄마의 일기장에서 본 자신의 아빠일지도 모르는 세 명의 남자, 샘, 빌, 해리에게 엄마 몰래 초청장을 보낸다. 며칠 후 엄마의 아마추어 밴드 '도나와 다이나모스'의 옛 멤버인 로지와 타냐가 도착하면서 섬은 활기를 띤다. 스토리만으로 보면 그리 잘 씌어진 작품은 아니다. 우연히 본 엄마의 일기장에서 정자 제공자를 세 명으로 압축하여 자신의 결혼식 초청장을 보낸다는 게 사실 억지다. 어떻게 주소를 알고 보냈는지도 의아한데 초청장을 받고 세 남자가 약속이나 한 듯 도나의 모텔에 등장하는 것도 우연치곤 너무 작위적이다. 막판에 모든 것이 소피의 계략(?)이었다는 것을 도나와 도나의 옛 남자친구들이 알게 되는 설정도 '저 사람들 저걸 여태 몰랐나?' 하는 생각이 들 정도로 그 전에 보여 준 전개가 엉성~하다.

마지막에 소피가 결혼하지 않겠다고 하는 부분을 보니 어떤 메시지를 전하고 싶었는지 알 수 있었지만 소피가 그런 말을 하게 되는 그 전 과정이 치밀하지 못해 역시 느닷없어 보이기는 마찬가지다. 이런 단점을 상쇄시키는 것은 뭐니 뭐니 해도 역시 아바(ABBA)의 음악이다. 이 공연의 핵심은 오로지 아바다. 음악이 뒤로 숨지 않고 앞으로 나서서 흥겨운 춤과 완벽하게 궁합을 맞추며 신바람을 끌어내는 그 절묘함은 혀를 내두르게 한다. 도나는 눈앞에 나타난 과거의 남자들을 보고 당황하지만, 소피는 진짜 아빠가 누구인지는 더욱 헷갈린다. 세 남자가 모두 소피에게 자신들이 진짜 아빠임을 강조하자 머리가 아파진 소피는 결혼식 날 아빠 대신 엄마의 손을 잡고 들어갈 것을 결심한다.

선데이타임즈는 이 작품의 진수는 노래를 장식의 수준에서 건져 올려 줄거리 속에 솜씨 있게 배치한 기술과 위트에 있다고 칭찬했다. 물론 나도 동감이다. 2004년 한국 초연 이후 중년들의 엉덩이를 들썩이게 만든 뮤지컬 〈맘마미아!〉 노래 중 일부다.

아, 아 내가 어떻게 당신을 거부할 수 있나요? 맘마미아, 다시 보여질까요?

아, 아 내가 얼마나 당신을 그리워했는지

예, 난 슬픔에 잠겼어요 우울했죠, 우리가 헤어진 이후로……

왜, 왜 내가 당신을 보냈을까요? 맘마미아, 내가 비록 안녕이라고

날 떠나요 지금 아니면 안 돼요 라고 말해도

맘마미아, 이건 우리가 하는 게임이에요

작별이 영원이란 뜻은 아니에요.

Mamma mia

2막

  소피의 꿈으로 열리는 2막은 물속, 거품, 연기 등으로 결혼식을 하루 앞둔 여성의 심리를 우울하게 표현한다. 올드팝으로 인생의 희로애락을 잘 건드리는 이 작품은 결혼에 대한 화법도 여성 친화적이다. 그뿐만이 아니다. 'Our last summer' 노랫소리에 맞춰 무대화면 전체에 수많은 정충들이 나타나 원초적 본능의 춤을 춘다. 행복한 춤, 사랑, 사랑, 사랑이 부적처럼 난무하는 춤판, 가라앉았던 끼가 발동한다. 스웨덴 출신의 혼성 그룹 '아바'의 히트곡으로 속을 든든하게 채운 덕분일 터.

  드디어 소피의 결혼식 날. 머리를 빗겨 주고 눈부신 드레스를 입혀 주는 도나에게 소피는 말한다. 엄마, 내 아이가 아버지를 모른 채 살게 하고 싶지 않다고 아까 화를 낸 건 진심이 아니었어요. 엄마를 슬프게 해서 미안해요. 엄마, 엄마가 날 데리고 들어가 주실래요? 멋지게 혼자 힘들게 키워 주신 엄마, 사실 난 엄마가 자랑스러워요.

결혼식 날 아침부터 동쪽에서 산타아나스 바람이 불어왔다. 산타아나스가 불면 소중한 인연이 찾아온다는 전설이 있다니 갑자기 도나가 자신의 가면을 벗어던지고 고백하기 시작한다. 눈부시게 푸르른 지중해에서 그토록 그리워하던 소피의 아버지는 '샘'이라고. 1막과 2막 그 하룻밤 사이 소피는 자신의 삶에 있어 중요한 것은 누구인지도 모르는 아버지가 아니라 주체적인 자기 자신과 늘 곁에서 자기를 지켜봐 주며 자신을 사랑하는 사람들이라는 것을 깨닫는다. 소피는 자신에 대해서 좀 더 알아보는 시간을 갖기 위해 결혼을 미루겠다고 발표한다. 결혼식은 잠시 혼란 속으로 빠져든다. 그런 와중에 아직도 도나를 사랑하는 샘의 사랑 고백이 끝나자 도나의 노래가 기다렸다는 듯이 울려 퍼진다. 당신이 날 지켜 줄 거라 믿었죠~ 행복하게 해 줄 거라 믿었죠~ 당신 얘기해 봐요. 당신의 전 부인에게도 나에게처럼 키스해 주나요~ 난 항상 이렇게 아무런 힘이 없어요~ 연인이 되거나 애인이 되는 건 언제나 이긴 자들의 몫이죠~ 소피의 결혼식이 샘과 도나의 결혼식으로 바뀐 것이다. 그 결혼이야말로 도나의 불안에서 딴 장미 다발이었다.

지중해변의 아름다운 섬에서 생긴 일은 지금도 맨해튼 타임스퀘어에서 상영 중이다. 그러나 나에게는 뮤지컬보다 필리다 로이드 감독의 영화 〈맘마미아〉(2008)가 더 기억에 남는다. 도나 역을 맡은 메릴 스트립스가 너무 기쁜 나머지 침실 메트리스 위에서 위로 점프하듯이 춤을 추는 장면이 있다. 기쁨에 겨워 청바지를 입은 채 펄쩍펄쩍 공중으로 뛰어오르는 데는 정말 놀라지 않을 수 없었다. 왜냐하면 영화 〈맘마미아〉를 찍을 때 이미 실제 나이 60세로서 그 동작은 정말 나이든 사람이 해내기에는 벅찬 율동이었기 때문이다. 뮤지컬과 영화는 다른 얼개와 조직을 가졌을 테지만 나이를 잊은 혼신의 열연으로 땀방울이 비밀을 전염시켰던 여름날은 아직도 미궁 같다. 발자크가 우리에게 고리오 영감을 남겨 주고, 도스토옙스키가 카라마조프 형제들을 낳아 주었다면 맘마미아는 도나를 생산한 것이다.

작년, 여름을 시원하게 날려 주는 영화 〈맘마미아 2〉를 보았다. 역대 최고의 뮤지컬 영화였던 1편에서 주인공이자 도나 역의 '메릴 스트립'은 마지막 장면에 잠시 방문하여 어느새 늙어 버린 세 남편과의 만남 등 과거와 현재를 오가며 뛰어난 연기력을 보여 준다. 그녀의 스펙터클한 춤사위

대신 어린 도나역의 '릴리 제임스'의 싱그러운 춤사위와 노래는 세 남자 친구와 연애하는 감정과 홀로 딸 소피를 낳을 때의 감정을 그대로 다 느끼게 해 주어서 참 좋았다. 작가의 상상력이야말로 예술의 첫 번째 도구라는 것을 알겠다. 새로운 장면에 맞는 곡 중에 '안단테'를 연속으로 부르는 곡이 참으로 인상적이었다.

1926년 초연된 〈투란도트〉 포스터　　　2013년 포스터　　　2010년 포스터　　　2019년 포스터

캐스팅 : 투란도트(소프라노, 중국 공주), 칼라프(테너, 타타르국의 왕자, 티무르의 아들)

　　　　티무르(베이스, 타타르국의 쫓겨난 왕), 류(소프라노, 여자 노예)

　　　　알투움 황제(테너, 중국 황제), 핑(바리톤, 중국 관리, 수상)

　　　　팡(테너, 중국 관리, 서무대신), 퐁(테너, 중국 관리, 주방대신)

　　　　페르시아 왕자(테너)

플로리다 그랜드 〈투란도트〉 오페라 포스터 그림

르노아르 〈오페라 하우스의 특별석〉 1880

그날 밤의 성찬

오페라 〈투란도트〉
Turandot

아무도 잠들 수 없다, 아무도 잠들 수 없다

당신도 마찬가지입니다 공주님

당신의 차가운 방에서 공주여, 별들을 바라봐요

사랑과 희망으로 떨리고 있죠

하지만 나의 비밀은 내 뒤에 숨겨져 있어서

아무도 내 이름을 모를 겁니다

그 이름은 당신과 키스하면서 속삭여 드리리다

빛이 환하게 밝아 오면 나의 입이 침묵하는 동안에

그대는 나의 것이 될 것이오!

　　　　　　　　－아리아 「공주는 잠 못 이루고」 부분

〈투란도트〉에서 가장 유명한 아리아다. 수많은 청혼자들을 냉정하게 죽여 버린 얼음공주의 남자에 대한 혐오와 복수심이 왕자의 지혜와 사랑으로 눈 녹듯이 녹아내린다. 1990년 로마 월드컵 때 공식 지정 아리아인 이 곡을 부르던 테너 파바로티의 목소리가 지금도 귀속에서 웅웅거린다.

페르시아에는 투란독트(Turandokht)라는 전래동화가 있다. '투란'은 고대 페르시아제국의 한 지역으로 오늘날 중앙아시아이다. '독트'는 고대 페르시아어로 '딸'이란 의미로 고대 페르시아의 이야기를 모은 『천일주화』에 들어 있다. 이 이야기책은 하룬 알 라시드 치하에서 나온 유명한 『천일야화』와는 다른 것이다. 『천일주화』에 따르면 투란독트는 얼음처럼 차가운 성격의 중국 공주이지만 사랑의 힘으로 내면화시켰던 상흔을 애도함으로서 온전한 인격으로 다시 태어난다는 구조이다.

이탈리아 주세페 베르디(1813~1901)와 쌍벽을 이루는 자코모 푸치니(1858~1924) 최후의 오페라. 〈투란도트〉를 작곡했을 때 푸치니는 이미 60대였다. 1926년에 초연된 푸치니의 유작 〈투란도트〉는 유명한 〈토스카〉와

〈라 보엠〉, 〈나비부인〉 등 먼저 작곡한 11편의 오페라에 비해 과감한 음악적 도약을 보여 준다. 일본을 배경으로 삼은 〈나비부인〉과 미국이 배경인 〈서부의 아가씨〉에서 이국적인 소재를 탁월한 예술적 감각으로 선보인 푸치니는 〈투란도트〉 역시 오리엔트 고대 전설의 오브제들로 배경을 삼고 있다는 점에서 신비롭기까지 하다. 푸치니 예술세계의 최정점인 이 작품은 안타깝게도 미완성 유작으로 남겨졌지만 이미 완성된 어떤 오페라보다 뛰어난 음악효과로 인해 작중인물의 무의식을 탐험하는 경험적 서사의 본보기가 되었다. 또한 유쾌한 풍자극 〈쟈니 스키키〉를 제외한 그의 오페라 대부분은 남녀 주인공이 이별과 죽음이라는 비극적인 결말을 공통적으로 갖고 있는 반면 〈투란도트〉는 유독 두 주인공이 기쁨을 누리는 사랑의 완성으로 막을 내린다는 특징이 돋보인다.

Act 1

때는 전설시대 중국의 북경 자금성 앞 광장. 붉은 궁전 뜰이 온통 달천지다. 새들이 노래하는 4월이 되어도 눈은 녹지 않고 꽃도 피지 않는다. 황제 알투움이 통치하는 견고한 성의 망루에 천수천안 대불(大佛)이 황금빛이다. 광장에 한 관리가 등장해 절세미녀인 투란도트 공주가 자신이 내는 세 개의 수수께끼를 풀 수 있는 사람과 결혼할 것이며 만일 한 문제라도 맞히지 못할 경우에는 목숨을 바쳐야 한다는 포고문을 전한다. 곧바로 지금까지 공주에게 청혼하였다가 형장의 이슬이 된 왕자들이 열거된다. 인도 왕자, 타타르 왕자, 사마르칸트 왕자, 미얀마 왕자, 산스크리트 왕자 그리고 오늘도 퀴즈를 맞추지 못한 페르시아 왕자가 망나니의 칼에 목이 날아갔다.

이때를 틈타 수많은 군중들 사이에서 남들 몰래 재회의 기쁨을 누리는 자들이 있으니, 조국을 잃고 수많은 세월을 방황하던 변방의 타무르의 왕 티무르와 그의 아들 칼라프 왕자 그리고 칼라프를 깊이 사모하고 있는 여종 류이다. 신분을 숨기고 떠돌던 왕자 칼라프는 북경 거리를 헤매이다 먼발치에서 공주의 미모에 반하여 위험한 청혼을 하고 만다. 몸을 휘감은 반짝이는 드레스는 공주가 움직일 적마다 남자들을 뇌살시키고 길게 땋아 늘어뜨린 머릿단은 왕자의 눈에 콩꺼풀을 씌우기에 충분하다. 왕자를 사랑하는 류는 울면서 이 게임은 결코 이길 수 없는 게임이니 제발 그만두라며 〈왕자님, 들어 주세요!〉를 구슬프게 부른다.

스물여덟 청년 푸치니가 유부녀 엘비라와 뻔뻔하게 불륜을 맺어 아들

안토니오가 태어나지만 그들은 그녀의 남편이 사망한 뒤에야 결혼을 하여 부부로 살았다. 그 사이 집안일을 돕던 하녀 도리아와 푸치니가 정을 통했다고 엘비라는 소송을 제기했고 하녀는 결백을 주장하며 독약을 마시고 자살한다. 이 일로 엘비라는 징역형을 선고받는다. 그런 아내의 석방을 위해 푸치니는 하녀의 집안에 1만 2,000리라를 묵묵히 배상한다. 예나 지금이나 꽃송이들을 마음대로 던져 놓고 사라지는 슬픔을 모르는 비극적인 스캔들, 그러나 이건 진짜 실화다.

얼어붙은 마음을 녹이는 페르시아의 옛이야기는 18세기 베네치아의 작가 카를로 고치가 〈투란도떼(Turandotte)〉란 우화극으로 각색하고, 푸치니가 〈투란도트〉라는 오페라로 만들었다. 줄담배를 즐기던 푸치니는 이 오페라를 작곡하다가 목에 이상이 생겨 마지막 사랑의 2중창을 미완으로 남겨 놓은 채 후두암으로 사망한다.

Act 2

중국 개방 후 원작의 무대인 자금성에서 1997년 공연이 열렸다. 사후 푸치니의 친구이며 유명한 지휘자 토스카니가 프랑코 알파노에게 부탁하여 오페라의 마지막 부분을 마무리 작업 후에야 초연되었다. 특히 2막은 푸치니가 영국 대영박물관을 뒤져 중국 관련 문헌을 통달하는 것은 물론 중국 악기의 선율과 리듬까지 연구한 장면들이다. "투란도트는 내 평생 작곡한 11개의 작품이 저주받을 정도로 형편없어 보이게 할 것이다."라고 말하며…….

　〈투란도트〉는 황금, 적, 청, 보라색이 주요 색으로 등장한다. 모두 신분과 성격, 이 둘 사이 긴장관계에 위치하는 도구로 나타난다.

첫 번째 수수께끼

공주 : 그것은 어두운 밤을 가르며 무지갯빛으로 날아다니는 환상, 모두가
　　　갈망하는 환상, 그것은 밤마다 새롭게 태어나고 아침이 되면 죽는다.

왕자 : 그것은 '희망(La sprenza)' 이다.

두 번째 수수께끼

공주 : 불꽃을 닮았으나 불꽃은 아니며, 생명을 잃으면 차가워지고, 정복
　　　을 꿈꾸면 타오르고, 그 색은 석양처럼 빨갛다.

왕자 : 그것은 바로 '피(血潮)'.

마지막 수수께끼

공주 : 그대에게 불을 주며 그 불을 얼게 하는 얼음. 이것이 그대에게 자유
　　　를 허락하면 이것은 그대를 노예로 만들고, 이것이 그대를 노예로
　　　인정하면 그대는 왕이 된다.

왕자 : 그것은 '투란도트' 다.

　승리 승리! 온 세상의 광휘여~ 세상은 나에게 미소 짓고 있네~ 나는 다
만 사랑으로 타오르는 그대의 사랑을 원하오~~ 칼라프가 이 세 가지
수수께끼를 아주 쉽게 풀어내자 공주는 매우 당황해한다. 날~ 모욕적으

로 쳐다보지 마라~ 나는 결코 네 소유가 되지는 않는다~ "내 할머니인 로링 공주가 전쟁 중 남자들로부터 강간을 당한 처참한 최후를 잊을 수 없다. 그래서 아직도 성스러운 처녀인 내게 남자란…… 어느 누구도 날 소유하지 못하리~" 내가 이름도 알지 못하는 저런 젊은이에게 나를 넘겨 줄 수 없다고 포효한다. 세 개의 문제를 다 맞춘 칼라프는 자신이 공주 에게 문제를 내겠으니 내일 아침까지 공주가 맞추면 결혼을 포기하겠다 고 말한다. 새벽녘까지 내 이름을 알아내 보시오~ 알아맞힌다면~ 그대의 승리! 나는 공주 앞에서 기쁘게 죽겠지만~ 만약 그렇지 못하다면 공주는 나의 아내가 되어야 한다. 공주는 문제를 풀기 위해 베이징의 전 백성들에 게 밤을 새워 그의 신분을 알아내라고 명한다.

Act 3

궁정의 뜰. 그 이상한 젊은이의 이름을 알 때까지는 아무도 잠을 자서는 안 된다. 화가 난 공주는 칼라프의 아버지와 류를 체포해 왕자의 이름을 대라고 잔혹한 고문을 행한다. 그러나 끝내 류는 자기가 알고 있는 왕자 의 이름을 밝히지 않은 채 〈가슴속에 숨겨진 이 사랑〉을 부르다 스스로 목숨을 끊는다.

류의 죽음을 본 투란도트는 큰 충격을 받는다. 대체 사랑이 무엇이길 래, 죽음도 두려워하지 않는 것인가? 류의 죽음으로 진정한 사랑에 눈 뜬 투란도트는 칼라프와 결혼에 골인하며 〈Amor~ Amor~ Amor~ 영원 히 빛나리〉 환희의 합창이 극대화된다. 극작가 아서 밀러가 "극에는 희망

의 불꽃이 있어야 하고 등장인물 중 적어도 한 명은 사회의 진보를 믿는 낙관주의자가 있어야 한다."고 했듯이.

　살짝 깨어난 푸치니가 저기 제일 앞좌석에 앉아 있다. 스펙터클하게 완성된 이 대작을 보며 밀라노 음악원의 스승들로부터 교향악 작곡가가 될 것을 권유받았던 날의 흐뭇한 미소를 띠고 있다. 어둠에 순하게 물들

어 있던 객석들이 푸치니의 오래된 미소로 차츰 밝아진다. 명작을 바라보
는 미소는 왜 멈출 줄을 모를까?

칼라프 잠들 수 없을, 두려움에 잠 못들
그대 생각이 나를 아프게만 하는데
별들이 모두 햇살 속에 잠들 땐
불러 주게 될까요 그대 나의 이름을
두려워 아파할 그대 생각할수록
차라리 내 이름 그대에게 알려 주고파
불러도 불러도 오지 않는 그대
아껴 둔 눈물이 자꾸 눈앞을 가려
내게로 내게로 올 순 없는 건지
울어도 울어도 그댈 안을 수 없네요
새벽이슬에 내 눈물을 섞어
슬픈 나를 감추려 해요
아침 햇살에 내 얼어 버린 맘
녹여내고 웃으려 해요 우~ 우~
그대를 향한 내 사랑.

나는 꽃을 팔았지 나를 팔진 않아요

뮤지컬 〈마이 페어 레이디〉
My Fare Lady

캐스팅 : 헨리 히긴스(이형철), 일라이자(김소현)
　　　　알프레드 두리틀, 피커링 대령
　　　　프레디, 히긴스 부인

　'오드리 햅번' 하면 무엇이 먼저 떠오릅니까? 〈마이 페어 레이디〉 영화가 불쑥 튀어 오르지 않나요? 좀 더 배경지식이 있다면 '어영부영하다 내 이럴 줄 알았다.'라는 위트 있는 묘비명을 남긴 '조지 버나드 쇼' (1856~1950)가 떠오를 것이며, 원작의 배경이 되었던 '피그말리온' 신화

장 레옹 제롬 〈피그말리온과 갈라테이아〉 1882, 런던 브리지먼 아트 라이브러리

가 떠오를지도 모른다. 아니다. 버나드 쇼의 희곡 『피그말리온』(1913)부터 읽은 사람은 사교계의 여왕이 된 꽃 팔던 촌뜨기인 일라이자가 떠오를 것이다. 그리스 신화에서 피그말리온 신화의 모티프를 그대로 따온 연극은 1914년 빈에서 초연되었으며, 뮤지컬 〈마이 페어 레이디〉는 1956년 뉴욕 마크 헬링어 극장에서 초연된 후 세 번이나 영화로 만들어졌으며 1938년에는 그에게 아카데미 각본상을 안겨 주었다.

인기 절정이었던 이 뮤지컬은 영국 관광 필수코스였다. 그 당시 여성은 남성의 소모품 그 이상도 그 이하도 아니었다. 권력의 펜을 쥔 남성에 의해 여성미의 기준은 정해졌고 여성은 거기에 맞게 기르고 길들여졌다. 남성 사회로부터 사랑받을 수 있는 여성은 인형처럼 조종하는 대로 예쁘게 웃고 섹스하고 아이 낳고 빵을 구워야 선택되었다. 책을 읽으면 병이 든다고 가르치던 남성들의 미학 개념에 최대한 부합하려고 겉에 보이는 육체에 많은 돈과 시간을 들인 것이 필요조건이 된 것처럼.

피그말리온 효과(Pygmalion Effect) 신화를 잠시 보자. 지중해 동쪽 끝 키프로스 섬에 한 남자가 살았다. 바로 세상 모든 여자들을 혐오했던 키프로스의 왕 피그말리온. 그는 외부와 단절된 채 차라리 '그녀'를 직접 만들기로 한다. 오로지 조각에만 열중한다. 어느 날부터 자신이 만들어 낸 아름다운 조각을 사랑하게 된다. 핏기도 온기도 웃음도 없는 그 조각상의 이름은 갈라테이아. 조각상에 매일 옷을 입히고 어루만지며 애틋하게 말을 건네던 그가 이제 사랑의 여신 아프로디테에게 간절히 기도를 올린다. 저 조각상 같은 아내를 얻게 해 주소서! 아프로디테는 피그말리온의 기도에 감명을 받아 갈라테이아에게 생명을 불어넣는 순간, 그가 그녀의 허리를 껴안고 키스하자 뜨겁게 타오르는 몸이 남자를 향해 활처럼 구부러진다. 바로 저 순간이 그의 간곡한 소망이 실현되는 화룡점정(畫龍點睛)이다. 상아빛 피부의 우아한 여인이 서 있다. 굳고 강한 것은 죽음의 속성이라면, 부드럽고 촉촉한 것은 삶의 속성이다. 살짝 굽힌 오른쪽 무릎과 부드러운 두 팔로 처음 남자를 느끼며 곡선을 이룬 상체가 "소망합니다. 그대 내 사랑이 될 거죠?"라고 말하는 듯하다. 이미 따뜻하게 체온이 도는 온몸은 계엄령 해제, 무방비 상태다.

'피그말리온 효과'라는 심리학 용어는 칭찬하면 칭찬할수록 더욱더 잘 하는 동기를 제공하는 것이다. 다시 말해 지극히 평범해 보이는 학생에게 칭찬과 용기를 북돋아 준 선생님 말씀 한마디에 자신감을 갖게 되어 우수한 학생으로 변하는 효과를 말한다. "여기는 구경거리의 세계 처음부터 끝까지 모두 다 꾸며낸 것 하지만 네가 나를 믿어 준다면 모두 다 진짜가 될 거야." 무라카미 하루키가 『1Q84』 1권에서 말한 것이 꼭 위 그림을 보며 말한 피그말리온 효과처럼 들린다. 현실에 부재하는 자신의 관념 속 이상향에 도취된 사랑이라는 이름의 나르시즘. 그 나르시즘의 힘은 그의 머리를 다정하게 끌어당기며 한 손으로는 그의 손을 가져와 그녀의 가슴을 애무하게 한다.

정신이 한 인간의 형상을 채우면

마음의 눈에 무엇인가 들어오기 시작한다

겨우 인간 형체를 드러내는 모델을

화가는 최악의 진흙으로 빚는다

하지만 후에 대리석 속, 망치질로

천천히 깎은 석상이 드러나

바라던 대로 청순해 보이고

새 생명으로 태어난다

처음엔 나 자신만을 위한 모델로 태어나지만

숙녀이신 그대를 통해서 새로 만들어

아주 고상하게 태어나 완성된 나를 보여 주리라

내 모자란 것을 바로 그대를 채워 주고 다시 써 주오

연장처럼 날카로우신 당신, 허나 거친 내 가슴

당신이 다시 만들지 않으시면 무엇을 기대하리까?

—미케란젤로 「비토리아 콜로나에게 보낸 소네트」

신데렐라신드롬을 일으킨 뮤지컬 〈마이 페어 레이디〉의 1막은 주인공 일라이자를 살아 있는 인형(living doll)으로 보는 히긴스 교수와 피커링 대령의 내기가 중심이다. 저명한 언어학자 헨리 히긴스 교수는 말만 듣고도 그 사람이 어느 출신이며 어떤 신분인지 알아내는 능력을 지녔다. 그와 그의 친구인 피거링 대령은 사투리가 심한 꽃 파는 처녀 일라이자를 교육시켜 6개월 안에 상류층의 파티장에 데려가 사교계의 공주로 등극시키는 것을 두고 내기를 한다.

피그말리온이 갈라테이아를 빚었듯이, 히긴스 교수도 언어와 태도를 교육시켜 촌뜨기 일라이자를 품위 있는 공주로 만들어 놓겠다는 것이다. 그는 언어가 사람의 지위를 결정한다고 철썩같이 믿는 사람이다. 교양 있는 언어와 거친 현장의 언어의 대조를, 계급 차이를, 일라이자를 통해 증명한다. 점진적 사회주의자이며 1925년 노벨문학상을 받은 버나드 쇼는 주인공들을 대중이 선호하는 인물로 변용시켜 인간을 결정하는 것은 환경이라는 사상을 이 작품을 통해 구현한 것이다.

런던의 여름, 비 오는 거리. 비루한 말투와 남루한 옷차림으로 지나가는 행인들에게 구걸하듯 꽃을 파는 집시 처녀가 있다. 히긴스 교수에게 발음교정 제의를 받은 그다음 날, 일라이자는 윔폴가(街)에 있는 히긴스 교수의 집을 방문한다. 지난밤 히긴스 교수가 자신에게 배우기만 하면 빈민가 처녀도 공주처럼 말할 수 있게 된다는 말을 기억하고, 집시처럼 거리에서 매일매일 한 번의 끼니를 위해 꽃을 팔기보다는 고급 주택가의

Pygmalion
by George Bernard Shaw

화려한 꽃가게 점원이 될 수 있도록 자신을 가르쳐 달라고 온 것이다.

그러나 거리의 처녀를 교육하는 일은 쉽지 않았다. 수많은 시행착오와 사건 사고를 반복하며 6개월이 지났다. 그녀는 점점 상류사회에 걸맞은 모습을 갖추어 갔다. 귀족 모임인 대사관 정원 파티에 일라이자를 데려갔다. 품위 있는 걸음걸이에 예의 바른 언어를 완벽하게 구사하여 허영심 많은 귀족들이 깜짝 속아 넘어간다. 사교계에 데뷔한 그녀의 우아하고 교양 있는 행동에 왕족의 혈통이라는 오해까지 받게 된다. 피커링 대령은 꽃 파는 처녀일 때부터 일라이자를 존중하고 예의를 지켰지만, 사교계에 데뷔했는데도 히긴스 교수는 여전히 지적 열등감을 뿌려 대며 그녀를 거리의 꽃 파는 촌뜨기로 대하자 일라이자는 분노를 터트린다. 끝까지 감상자인 남성은 철저하게 여성을 자신의 결여를 채울 감상 대상으로만 마주한 결과였다.

피그말리온 신화를 확 뒤집는 건 2막에서다. 내기가 성공적으로 끝나자 피커링 대령은 히긴스 교수의 손을 들어주며 기쁘게 담소를 나눈다. 이들의 대화를 우연히 듣게 된 일라이자는 자신이 단지 실험 대상이었다는 사실을 깨닫고 이중적 자아로 방황하다 드디어 오리지널 자아와 만나 흐느끼며 말하기까지 한다.

일라이자 : 나는 꽃을 팔았지 나를 팔진 않았어요. 당신이 나를 숙녀로
만들어 버려서 나는 이제 어떤 것을 팔아도 어울리지 않아요.
나를 발견했던 그곳에 그대로 놔두지 그랬어요? 난 무엇에 어
울리는 사람이죠? 나를 무엇에 어울리는 사람으로 만드신 거

예요? 나는 어디로 가야 해요? 난 뭘 해야 하죠? 나는 어떻게
될까요?

버나드 쇼는 희곡에서 일라이자가 거만한 히긴스 교수를 떠나는 것
으로 막을 내렸다. 왜냐하면 그는 이 작품에서 자신의 운명을 결정지을
줄 아는 완벽한 인격체를 그렸기 때문이다. 이 작품을 원작으로 만들어
진 오드리 햅번이 주연한 조지 쿠커 감독의 영화 〈마이 페어 레디〉(1964) 속
갈라테이아 일라이자는 피그말리온 히긴스 대신 다른 남자를 사랑한다.

작자미상 〈피그말리온과 갈라테이아〉 1800

밀레 〈양치기 소녀〉 부분 1863

My Fare Lady

다시 생각해 보건대 사랑할 여자가 없다며 독신을 고집하던 피그말리온의 심리적 위치는 콧대가 높다기보다는 여자콤플렉스에 사로잡혀 자신감이 현실로 자라 올라오지 못했던 결과는 아니었을까? 그건 자신의 남성성을 믿지 못해 현실 속 여자를 신뢰하지 못했던 결과였을 테니 말이다. 물론 피그말리온이 갈라테이아에게 결혼 의사를 물어보지 않은 것을 괘씸하게 여긴 탓이고, 스무 살 나이 차이뿐만 아니라 권위적이고 괴팍한 히긴스 교수가 일라이자와 결혼하는 것은 부당하게 여긴 탓도 있었을 것이다.

어찌되었든 버나드 쇼가 해피엔딩으로 끝난 우리나라 버전을 보았다면 분노를 샀을 게 분명하다. 왜냐하면 첫 공연 당시 남자 주인공과 결혼을 암시하며 끝낸 것을 보고 엄청 분노했었기 때문이다. 그가 이 뮤지컬을 통해 제시했던 바는 인간 존엄의 진정한 가치에 대한 교훈을 주는 것이 첫 번째 목표였고, 두 번째는 동등하지 못한 결혼제도를 비웃는 것이었으며, 자존감이 높은 독립된 여성을 그리는 것이 세 번째 목표였기 때문이다. 19세기 노르웨이의 극작가 입센을 존경했던 버나드 쇼는 영국 무대를 점령하고 있던 감상적인 멜로드라마를 배척하고 극장을 사회문제를 정면으로 다루는 토론의 장으로 만들고 싶었기 때문이다.

더불어 쇼는 대성공을 거둔 이 뮤지컬을 통해 영국의 언어, 교육, 빈부격차, 성별 등 다양한 사회문제를 본격적으로 극화했다.

〈아프로디테〉 폼페이 벽화

21세기는 참으로 많은 희망을 품은 시대다. 아름다운 외양을 가진 공작보다 능력 있는 기러기가 높이 나를 수 있는 건강한 사회라는 믿음을 새삼 느끼고 온 날이다.

초연 연출가 : 해럴드 프린스

초연 영국(1986)

수상 : 런던 올리버상 3개 부문(1986)
　　　뉴욕 토니상 최우수 뮤지컬 작품상
　　　남우주연상, 감독상 등 7개 부문(1988)

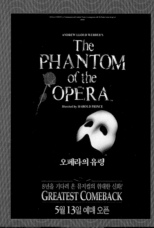

파리 오페라 가르니에 극장

내 마음의 감옥이 만개할 때

뮤지컬 〈오페라의 유령〉
Le Fantome de l'Opera

하얀 가면의 뮤지컬 〈오페라의 유령〉은 전직 신문기자였던 프랑스의 소설가 가스통 루르의 『오페라의 유령』(1910)이 원작. 1986년 영국 런던 허머제스티스 극장에서 오페레타 형식으로 초연되었다. 첫 한국어판은 2001년 LG아트센터.

'가면'은 인류 문화의 가장 오래된 유산 중 하나이다. 가면의 어원은 프랑스어 마스크(masque)와 이탈리아어 마스케라(maschera), 중세 라틴어인 마스카(masca)=마귀(Hexe)에서 유래한다. 이들의 공통적인 근원은 '조소하기' 혹은 '익살꾼'이라는 의미의 아랍어 낱말인 마스하라(mashara), 마스크하랏(maskharat)에서 유추할 수 있다. 가면은 동물이나 신 또는 인간의 얼굴. 구석기 시대에는 사슴의 전두골과 뿔로 이루어진 가면이 제식, 사냥용으로 등장하고, 영원한 피안의 삶을 염원하던 고대 이집트인들은 순금 가면을, 고대 그리스에서는 가면을 사용하여 신들의 등장을 구현했다. 인간의 힘을 넘어서려는 가면에는 주술성, 일시적 배출구, 과장, 현실 너머의 현실, 억압된 자아를 풀어주는 페르소나 역할이 가능하지만 어느 곳에서든 가면이 인간의 얼굴을 잃어버리게 하는 경우는 없다.

제임스 앙소르 〈죽음을 조롱하는 가면〉 1888

가면은 인간의 욕망을 구체화시킨 실제적 대상으로서 '분장가면(Schminken-masken)'과 '쓰기가면(Tragenmasken)'이 있다. 분장가면은 피부에 밀가루나 흑색 안료를 덧칠함으로써 낯설게 만들고, 쓰기가면은 본질적 얼굴을 덮음으로써 알아보지 못하게 하여 자신을 다른 모습으로 전이(transference)시킨다. 일상으로부터 벗어나 자신의 욕망을 분출시키고 다른 사람들의 것을 훔쳐보면서 욕망에 생기를 주는 뮤지컬 보기는 전복, 위반, 조롱, 냉소, 해방, 혁명의 집단적 카니발 구역이다. 들뢰즈, 가타리의 '욕망' 개념과 가면이 조우하는 접점도 바로 여기다.

왜냐하면 가면 안에는 인간의 개인적·사회적 욕망이 담겨 있기 마련이기 때문이다. 따라서 뮤지컬에서의 가면은 적은 수의 배우가 많은 역을 연기할 수 있게 해 주는 실용성 이외에도 자연주의적으로 묘사할 수 없는 인간의 정형성을 상연할 수 있도록 해 주는 특성을 지닌다. 가면을 원시사회의 유물쯤으로 알던 그대조차 〈오페라의 유령〉을 봄으로서 현대에도 여전히 유효한 문화적 잠재력을 지니고 있다는 것을 확실히 느낄 것이다.

〈오페라의 유령〉의 가면은 불투명성, 비일상성, 탈개인성, 익명성의 속성을 지니고 위장과 변신, 위반과 배출, 분리와 은폐의 이중성 작업을 행하며 결여된 대상을 궁극적으로 지향한다. 이때 가면을 쓴 사람이나, 구경하는 관객이나 일상에서 할 수 없었던 것들을 욕망하고, 자기의 내면세계에 몰입함으로써 새로운 인격의 욕망을 다시 현실로 가져가 각각의 삶

속에서 생산자 역할로써의 욕망에 불을 지핀다. 이렇게 상징적인 유령 가면 하나로 포스터를 달랑 채운 〈오페라의 유령〉은 비싼 라이센스라는 취약점에도 불구하고 시장성에서 압도적인 성공을 이뤘다. 국내 초연 이후 그 여세를 몰아 2004년엔 조엘 슈마허 감독의 영화로, 2005년엔 역대 최다 '팬텀' 출연 기록을 갖고 있는 브래드 리틀 주연의 공연이 예술의 전당에서 성공했을 뿐만 아니라 해마다 관객들은 열광적으로 몰려든다. 이 작품은 하나의 줄기에서 양산된 출판, 영화, 음반 등의 극적 변신에 적극적이었으며 이런 놀라움은 대중문화에 깊숙이 자리잡은 계기가 되었다.

찌그러진 얼굴을 마스크로 가리고, 얼굴 때문에 운명이 결정된 한 남자의 심리를 통해 병폐와 모순으로 왜곡된 현대사회의 진실을 재현한다. 이 작품을 이끌어 가는 사랑 이야기는 두 갈래로 전개된다. 첫 번째 사랑은 크리스틴과 라울과의 만남이고 두 번째 사랑은 크리스틴과 유령의 만남 이 그것이다. 이 원작은 서양 문화권의 이야기 원형인 〈미녀와 야수〉, 〈노틀담의 곱추〉 등과 같이 섬뜩하면서도 애절한 미스테리로 치밀하게 구성되었다.

ACT 1

1905년, 파리 오페라 하우스에서 열리는 경매, 70세의 라울이 거액을 들여 음악상자를 낙찰받는다. 음침한 분위기. 각자 사연이 있음직한 물건들이 하나 둘씩 새 주인에게 팔려 나간다. 노인, 라울이 휠체어에 기대어 앉아 있다. 이윽고, 원숭이가 장식된 음악상자가 나오자 그는 거액을 지불한다.

친숙한 멜로디를 따라 부른다. 그녀가 말했던~ 정말 그대로의 모양이구나!
우린~ 모두 죽어 가지만~ 넌 계속 노래하겠지?

주인공 팬텀은 언제나 오페라 극장의 5번 박스석에 자리하는 '오페라
의 유령'이다. 리허설 도중에 연속적으로 사고가 나자 주연 여가수 카
를로타가 출연을 거부한다. 무명인 다에가 크리스틴이 대역으로 나서
서 공연이 성공을 거두자 그 목소리에 반한 유령이 그녀를 사랑하게 된
다. 그녀의 사랑을 얻어내기 위해 에릭이라는 이름으로 그녀의 'Angel of
Music'을 자처하고, 그녀의 꿈속으로 찾아가 노래 레슨을 해 준다. 크리
스틴은 음악의 천사를 천상에 있는 아버지가 자신에게 보내 준 고귀한
선물이라고 생각한다. 하지만 어느 날 저녁, 그녀는 자신의 천사가 살아
숨 쉬는 실제 남자라는 사실을 발견하고 놀란다. 유령은 오페라 〈한니
발〉의 리허설을 끝내고 분장실로 돌아온 그녀를 납치하여 분장실의 거울
을 통해 지하 호수에 있는 미궁으로 사라진다. 수백 개의 촛불이 반짝거
리는 가운데 배를 타고 오페라 극장 지하 호수를 미끄러지듯 노를 저어

간다. 그녀가 납치돼 온 지하세계에는 크리스틴을 꼭 닮은 아름다운 전신초상화가 은은한 불빛에 걸려 있다. 불구인 자신을 그토록 귀애해 주셨던 돌아가신 그의 어머니다. 크리스틴을 통해 자기실현으로서의 목표인 어머니의 모습과 어머니의 사랑을 확인하려 했던 것이다. 유령의 자아는 크리스틴과 어머니를 동일시하여 그 사이를 소요하며 자기 치유를 얻고자 한 것이다.

당신 얼굴 보았던 모든 사람들 공포에 휩싸여 도망갔지만…… 나는 당신이 쓰고 있는 페르소나예요~

축축하고 음산하게 안개가 깔린 수면 위로 촛불 켜진 수많은 촛대(燭臺)가 물밑으로부터 올라오고, 거대한 파이프오르간이 한가운데로 치솟는 등 참으로 매혹적이면서도 괴이한 유령의 거처가 나타난다.

밤의 시간은 모든 이의 감각을 날카롭고 예민하게 한다오~

천천히, 부드럽게…… 밤은 그 장대(壯大)한 날개를 펼치고 있으니

이 밤을 움켜잡고 그리고 느껴 봐요~

기쁨으로 떨리면서도 부드러운 이 밤

낮의 번쩍이는 야한 빛으로부터 얼굴을 돌려 버리고

냉담하고 무감각한 빛으로부터 생각도 멀리해요~

그리고 귀기울여 봐요. 밤의 음악에

그대의 눈을 감고, 칠흑 같은 꿈속으로 몸을 내맡겨요

당신이 예전에 알았던 인생에 관한 모든 상념을 깨끗이 없애 버려요

그대의 눈을 감고, 그대의 영혼을 하늘 높이 치솟아 오르게 해 봐요~

그러면 그대는 지금껏 살아 보지 못한 삶을 살게 될 것이요~

이 노래는 하늘이 주홍천(朱紅川)으로 빛날 때쯤, 바람이 얼굴의 페이지
를 넘기다 잠시 멈출 때쯤, 어둠 속에 앉아 마음의 심층으로 뛰어내려가

자신의 내면을 도굴할 때쯤, 천천히 성냥을 그어 촛불을 켜 놓고 들으면 더 맛이 난다.

무대가 바뀐다. 새로 공연될 오페라 〈일 무토〉에서 카를로타 대신 크리스틴을 주인공으로 기용하라는 유령의 메모가 전달된다. 그러나 극장 매니저는 유령의 요구를 수용하지 않자 주인공 카를로타는 유령의 저주를 받아 무대에서 개구리 울음소리만을 내게 되고, 유령의 존재를 공공연히 떠들고 다니던 무대 담당자 죠셉 부케는 공연 도중 목이 매달린 시체로 발견된다.

제1막이 끝나는 순간, 이성을 잃은 유령은 〈일 무토〉의 마지막 커튼콜에서 극장 위 샹들리에를 객석으로 떨어뜨려 와장창창 산산조각을 내버린다.

ACT 2

6개월 후, 섣달 그믐. 한 해를 보내는 가면무도회. 크리스틴과 라울이 자신들의 비밀 약혼 사실을 밝힐지 말 것인지를 노래하는 것이다. 더 이상~ 암흑세계에 관한 얘기는 하지 말아요~ 당신을 깜짝 놀라게 하는 공포도~ 잊어버려요~ 내가 여기 있어요~ 내가 당신의 자유가 되어 드리겠어요~ 날 ~ 사랑한다고 말해 줘요~ 깨어 있는 매 순간마다~ 내 고개를 돌리게 하고 ~ 여름날의 얘기를 들려주세요~ 당신 곁에 내가~ 필요하다고 말해 줘요~ 현재에나 미래에나 언제든지……

유령은 크리스틴에게 헌신적인 사랑을 바치면서 자기가 작곡한 오페라에서 주인공으로 노래해 줄 것을 간청한다. 〈승리의 돈 주앙〉은 삼엄한 경비 속에 무대에 오른다. 이윽고 순결한 처녀 아민타가 호색한 돈 주앙의 유혹에 빠져드는 장면에 다다른다. 이 순간 크리스틴은 남자 주인공 피앙지가 어느새 유령으로 바뀌어 있음을 느낀다. 극의 절정에서 유령이 그녀에게 사랑을 고백할 때, 그녀는 자연스럽게 유령의 가면을 벗겨 버린다. 흉측하게 일그러진 유령의 얼굴을 본 크리스틴은 경악한다. 그때, 무대 반대쪽에서 목 졸라 살해된 남자 가수 피앙지가 발견되자, 그 혼란을 틈타 유령은 그녀를 망토로 감싸 안고 안개처럼 자신의 지하 은신처로 달아난다.

내 마음의 감옥으로! 지옥처럼 깊은 어둠의 길로 가자! 이어서 내가 왜 이토록~ 싸늘하고 음산한 세계에 갇혀 지내는지~ 궁금하지 않소? 치명적인 원죄 때문이 아니오~ 바로~ 끔찍한 얼굴의 저주 때문이지!~ 멀리서 살인 자를 쫓아온 군중들의 함성 소리와 함께 라울이 지하세계인 호수를 헤엄쳐 와 유령에게 크리스틴을 풀어주라고 요구하며, 나는~ 그녀를 사랑하고 있 소! 제발~ 일말의 연민이라도 보여 주시오~ 유령 : 세상은 내게~ 털끝만치 의 연민도~ 나눠 준 적이 없어~ 곧이어 유령은 라울이 그녀를 보지 못하도 록 벽을 쌓아올린다. 그리곤 편잡 올가미를 라울의 목에 걸어 버린다. 그는 손을 들어올린 채, 그녀에게 선택을 강요한다. 나와 함께~ 새로운 삶을 시 작한다면~ 이 자를 풀어주겠소~ 하지만 나를 거부한다면~ 그대가 사랑 하는 사람을 죽이는 셈이지~

신이 주신 용기로~ 당신이 외톨이가 아니라는 사실을 보여 줄께요~ 흉 측스런 외모와는 달리 순수한 영혼을 지닌 유령의 존재를 이해하게 된 크리스틴은 라울이 공포와 놀람 속에서 지켜보는 가운데 유령에게 키스 를 한다.

이윽고 유령은 자신을 사로잡기 위해 군중들이 점점 다가오자 라울을 풀어주며 크리스틴과 떠날 것을 요구한다. 그토록 사랑했던 사랑을 눈 물을 삼키며 보낸다. 마치 영화 〈카사블랑카〉의 험프리 보가트처럼······ 유령이 그녀 쪽을 바라보며, 오직 당신만이~ 내 노래의 날개가 되어~ 날 아갈 수 있었어~ 그러나~ 이제 밤의 음악은~ 모두 끝나 버리고 말았소! 유령은 더 이상 탈출구가 없다는 사실을 깨닫고, 연인을 태운 채 멀어져 가는 돛단배를 바라본다. 그녀가 떠나고 난 뒤에 어머니의 초상화를 그녀인 듯 바라보다 오르골 원숭이 인형 앞에 무릎을 꿇고 앉아서 애처롭게 '크리스틴~~'을 중얼거리는 부분은 관객의 가슴이 싸아~ 하도록 연민이란 최루탄을 투척하는 장면이다. 경찰이 유령의 미궁을 덮쳤을 때 그들을 맞이한 것은 한개의 흰 가면뿐이었다.

1810년 초판   1959년 원서

1925년 포스터   1943년 포스터   1990년 포스터   1998년 포스터   2004년 포스터

되돌아갈 수 있는 지점은 이미 지나쳐 버리고 말았어요

지금은 뒤로 물러설 수도 없어요

우리들의 정열에 찬 연극은 이제 결국 끝을 보게 되는군요

옳고, 그르고 하는 모든 생각, 잊어버리겠어요.

 인간은 모두가 야누스적인 존재다. 〈오페라의 유령〉 역시 우리들의 마음속에 도사리고 있는 에로스와 타타토스인지도 모른다. 사랑하는 방법이 옳지 않았고, 선택받지 못하였을 뿐, 그의 사랑은 무구하였다. 그래서 이 뮤지컬이 누미노제(Numinose)를 지닌 존재론적 자기 성찰로 거듭나며 관객에게 내면의 어둠을 밝히는 카타르시스를 주는 명작의 반열에 올랐을 터이다.

다름을 이야기하는 두 가지 방법

뮤지컬 〈왕과 나〉
King and I

뮤지컬을 보는 내내 그런 생각이 들었다. 왜 뮤지컬을 보고 있지? 심심해서? 교양을 바르기 위해? 대리만족을 위해? 다 맞지만 다 틀리기도 하

초연 : 1951년 3월 뉴욕 세인트 제임스 극장

장소 : 국립극장 해오름 극장

캐스팅 : 폴 나카우치(왕), 브리아나 보르거(애나), 루즈 로어(텁팀), 엔리크 에이스베도(룬타)

메리 스티븐슨 카사트 〈극장 관람석의 진주목걸이를 한 여인〉 1879, 아더로스 미술관

다. 뮤지컬을 감상하기 위해 특정 배역을 두 명 혹은 세 명의 배우가 번갈아 돌아가며 연기하는 더블 캐스팅이나 트리플 캐스팅 등은 기본으로 알아야 한다. 공연 전에 캐스팅 일정이 공지되면 관객들은 자신이 원하는 배우가 출연하는 날에 공연장을 찾으면 된다. 또한 뮤지컬에서 빼놓을 수 없는 것이 앙상블인데, 앙상블이란 특정인물이 아닌 여러 명의 배우를 뜻하며, 주인공을 돋보이게 할 뿐만 아니라 함께 등장해 춤을 추고 떼창을 부르며 무대를 웅장한 볼거리로 만드는 또 다른 주역들로서 엑스트라가 아니기 때문이다.

21C 신산업이 되어 버린 우리나라 뮤지컬은 뉴욕과 런던과 함께 세계 3대 뮤지컬 시장의 하나가 되었다. 현재 서울은 파리와 베니스의 스타일을 입고 마시며, 잠브비에와 베이징의 현대조각에 열광하고, 뉴욕 브로드웨이의 뮤지컬에 취해 있다. 1962년 뮤지컬이 서울에 처음 등장한 것을 생각하면 반세기 만에 이룬 대단한 쾌거가 아닐 수 없다. 오늘 관람할 뮤지컬 〈왕과 나〉는 실존 인물인 애나 리오노언스의 회고록을 바탕으로 한 마거릿 랜던의 소설 『애나와 시암의 왕』(1944)이 원작이다.

Act One

눈부신 황금 사원. 어느 왕궁으로부터 출발했는지 수많은 황금 코끼리들이 황금 사원을 애워싸기 시작한다. 우우 와와~! 오렌지색 상아와 황금 소품을 등에 가득 실은 코끼리들이 넓은 귀와 긴 코를 움직일 때마다 간간히 보라색 분위기로 바뀌자 어떤 경외감이 인다. 그 배경이 멀어지며,

황금 옷과 수많은 보석으로 치장한 무희들이 등장한다. 하늘을 향해 길
게 휘어져 올라간 태국 용마루의 황금 뿔처럼, 긴 황금 손톱들을 뒤꼬아
대는 민속춤은 에로틱 그 자체다. 율 브리너, 주윤발 대신 폴 나카우치가
싱싱하게 맨발로 나타난다. 위대한 왕의 남자 시종은 댕기머리에 붉은 치
마를 입고 허리에는 여자처럼 회색 띠를 질끈 동여맸다. 왕의 부름이 있을
때마다 무릎 꿇은 자세로 두 손을 모은 채 예스~ 예스~를 연발한다.

1986년대, 태국의 시암 왕은 왕족에게 영어와 서구 사상, 철학을 가르칠 목적으로 영국 미망인 '애나'를 초청한다. 시암 왕국에 서구적인 가치를 심으려는 애나와 전통 위에서 서구 문명을 신봉하는 왕은 만나는 순간부터 사사건건 대립이다. 시간이 지나면서 왕은 자신의 아이들을 진정한 사랑으로 가르치고 있는 애나에 대해 묘한 감정을 느끼게 되고, 애나 역시 오만함 뒤에 숨겨진 왕의 인간적인 면을 발견한다. 이 작품에서 가장 손꼽는 장면은 왕이 애나에게 어렵게 배우는 춤 시간이다. 원~ 투~ 쓰리! 그리고 원~ 투~ 쓰리! 그리고 맨발로 추는 폴카다. 맨발을 폴짝폴짝 애나의 부푼 드레스 위로 올려대는 그 서툰 춤 시간은 그러나 귀여웠다. 아니 아름다웠다. 왕의 어설픈 춤동작은 우스꽝스럽지만, 애나에게 조금씩 다가가고자 하는 그의 용기에, 여자를 껌처럼 씹어 대던 왕이 자기도 모르는 사이 거칠고 도도한 애나에게 마음을 뺏긴 광경에, 관객들은 아낌없는 박수를 보낸다. 무대가 두 사람의 춤으로 가득하다. 천정과 무대를 꽉 채운 황금빛 기둥과 부처상, 눈부신 황금 궁의 홀을 가로지르면서 날듯이 폴카를 추는 이국적인 무대 위에서 애나가 Shall We Dance를 부르는 장면은 '사운드 오브 뮤직'을 그대로 연상시킨다. 이 곡은 영화 〈Shall We Dance〉에서 차용했던 곡으로 그러나 이곳저곳에서 제국주의 문화 침탈이 보여지는 것을 이 노래는 이미 알고 있는 듯하다.

　　꺼졌던 무대의 불이 다시 켜지며 미얀마의 왕자가 가져온 선물을 시암 왕에게 바친다. 물건이 아니라 예쁘게 치장한 어여쁜 여자다. 여자를 선물로 바치는 것을 본 애나는 너무 놀라 눈이 휘동그래진다.

"너무 놀랄 것 없소. 이곳에선 비일비재한 일들이오. 선생은 내 아이 80명을 다 가르칠 필요는 없소. 오직 왕에게 충성을 다하는 여자의 아이만 가르치면 되오."

오래된 동양지도만 벽에 붙여 놓고 공부하던 교실에 선생이 새로운 대형 세계지도를 갖다 걸자 큰 왕자가 화를 내며 선생에게 대든다.

"우리 시암은 이렇게 작지 않아요. 시암이 저렇게 작다는 것을 믿을 수 없어요."

"아들아! 네가 왕이 되었을 때 그때 다 알게 된다. 하지만 확신할 수는 없다. 어느 것이 옳은지. 내가 완벽히 안다고 말했던 것들을 지금은 자신 있게 안다고 할 수 없게 되었다. 둘 중에 더 나은 사람은 없다고 아들에게 가르쳐야 한다. 내 아버지가 왕이었을 땐 모든 걸 정확히 아시는 분이었는데…… 하늘에 계신 나의 부처님! 저는 매일 더 나은 날을 살려고 노력하겠습니다."

또 다른 수업 시간이다.

"여러분! 눈 본 사람 있어요?"

"아뇨, 아무도 본 사람 없어요."

"아버지, 아버진 눈이 저 먼 나라에서 어떻게 땅에 내려오는지 본 적 있으세요?"

"아마 이렇게 내려올 거야."

왕은 손가락을 머리 위에서부터 발아래까지 꼬물꼬물거리게 움직여 대며 말한다. 사철 더운 나라에서 눈을 본 적 없이 죽어 가는 사람들. 그들이 어찌 눈의 실체를 믿을 수 있겠는가.

"당신은 세상의 응석받이, '예스 폐하!' 오직 예스만 읊조리며 머리를 땅에 조아리고 절만 하는 당신의 백성들은 두꺼비, 바로 두꺼빕니다. 그러나 나는 두꺼비처럼 절, 못해요. 애나는 독립적인 자유로운 직원이니까요. 내가 아무리 왕궁의 하인보다 적은 급료를 받는다 해도 나는 내 결정을 존중할 수 있는 독립체라구요. 왕이시여!"

왕은 수업 시간마다 정사를 멀리하고 아이들 속에 묻혀 간간히 헛소리를 하여 선생의 관심을 모은다. 그리고 왕의 대사 끝에 늘 반복되는 '기타등등, 기타등등' 대사는 코믹 그 자체다.

"모세는 바보야. 어찌 천지 창조를 6일 안에 다 할 수 있겠어? 지금이 항상 제일 좋은 시간이란 걸 모세는 몰랐나 보오. 살아가면서 모르는 것이 더욱 많아진다."고 하는 이 마초 같은 무례한 왕의 말을 들어보라. 한 나라의 왕으로서 가져야 하는 무게와 한 인간으로서 느끼는 고민을 인정하는 자세는 아무나 가질 수 있는 것이 아니다.

Act Two

영국 대사가 그의 일행들과 도착한다는 소식을 듣고 모든 왕비들에게 서양 드레스를 지어 입히고 그들의 예법을 가르치는 등 난리블루스다. 고집스러우면서도 강직한 시암 왕은 영국 대사에게 이 왕국이 미개한 야만의 나라가 아니라는 것을 보여 주려 오버한다. 그리고 왕비들과 왕손들에게 또 한마디 한다.

"모든 왕비들은 굽신거리지도 말고 턱을 들고 서 있다가 살짝 허리만 굽히고 인사해라. 너희들은 굽신거리지 말고 턱을 들고 서 있다가 등만 구부려 인사해라."

애나는 영국 영사가 우연하게도 자기의 첫사랑이라는 것을 알게 되어 적잖이 흥분한다. 모처럼 고향 사람들을 만난다는 설렘과 함께.

"땅 위엔 여름 내음 풍기고 하늘엔 구름 떠 있고 그때를 기억해요. 고요한 언덕에는 지금은 새 연인들이 누워 있겠죠? 톰과 나의 일부였던 그 언덕에~"

선생이 노래 부르는 동안 내내, 잔잔하고 낭만적인 22인조 오케스트라 생음악이 애나의 추억을 부드럽게 쓰다듬는다. 완벽한 연기에 비해 성량이 흩어지는 듯한 느낌이 잠시 들기도 했다.

영사를 위한 만찬이 끝날 무렵 'My lord and Master'가 흐르는 가운데 탑팀이 주인공 엘리자로 분장한 〈엉클 톰스 캐빈〉이 공연된다.

"뒤꿈치에 날개가 달려 날아가는 느낌이 어떤 건지 나는 그 느낌 알아요. 나에게도 그런 사랑 있었지요~"로 시작되는 극중의 극 〈엉클 톰스 캐빈〉은 〈킹 앤 아이〉의 가장 눈부신 장면이다. 휘몰아치는 폭풍은 비취색의 넓고 긴 스카프를 무대 양쪽에서 마주잡고 팔이 떨어지게 흔들어 표현한다. 한편 성에서 탈출한 탑팀(엘리자)은 노예 애인을 찾아 폭풍 속으로 도망치다 사악한 왕에게 쫓기게 되는 긴박한 순간. 눈앞에 나타난 것은 드넓은 침묵의 강. 이제는 잡혀 죽을 수밖에 없는 잔혹함과 가련함 사이에서 엘리자의 눈빛이 떨고 있다. 그때다. 부처님이 기적을 만드셔서 천사를 강으로 내려 보낸다. 강에 도착한 천사는 차가운 바람을 후후~ 불어 엘리자에게 얼어붙은 강물 위를 어떻게 걷는지 보여 준다. 그 춤이 일품이다. 고난도의 아름다운 이 춤은 한쪽 다리를 뒤로 올려 꼬고, 대지를 디딘 남은 다리의 발바닥으로 가랑잎이 대지를 간질이듯 양옆으로 비빈다. 트위스트 스텝처럼 한쪽 발을 계속 움직이며 슬로모션처럼 몸을 이동한다. 반복되는 춤의 율동을 따라가다 보면 어느새 객석의 몸속 구석구석을 살살 흔들어 준다. 팅 티잉~ 울려 주다 탱탱~ 당겨 주는 천상의 악기 소리가 안개처럼 온몸을 돌아다닌다.

하늘에 달린 레이스처럼 부처님은 엘리자를 위해 꽃등을 내려 보내 주시고, 부처님이 다시 태양을 부르자 강이 풀려 쫓아오던 모든 군사들은 피륙(강) 속으로 떠내려간다.

미얀마에서 보내온 선물인 탑팀이 자기 처지와 비슷한 연극 〈엉클 톰스 캐빈〉을 춤으로 표현하며 자신의 처지를 슬퍼하는 것을 보고 시암 왕은 크게 분노한다. 그 사실을 전해들은 탑팀은 몰래 사랑하는 애인 룬타와 도망치다 다시 잡혀 온다. 왕과 애나는 이 사건을 어떻게 매듭지을 것인가를 놓고 논쟁을 한다.

"탑팀을 죽이면 왕은 다시 야만인이 되는 겁니다. 국법대로 처리하지 말고 살려 주세요. 내 눈앞에서 죽이지 마세요. 제발!"

자기 의사가 관철되지 않자 화가 난 애나가 본국으로 영원히 돌아갈 결심을 하고 자기 방으로 올라간다. 그래도 국법대로 처형하겠다고 큰 소리치며 칼을 허공으로 치켜든 왕, 그러나 맥없이 칼은 아래로 떨어진다.

"당신이 폐하를 망쳤소. 당신 때문에 폐하가 달라졌소. 예전엔 저토록 나약한 모습을 보인 적이 없는데, 다 당신 때문이오. 빨리 이 나라를 떠나시오."

부두다. 영국으로 출항하려는 배가 기적을 울리고 있다. 막 떠나려는 배 안에서 시암 왕이 중병에 걸려 죽을 날만 기다린다는 소식과 함께 제발 떠나지 말아 달라는 친서를 받은 애나는 혼란스런 마음을 진정시키며 생각에 잠긴다. 잠시 후 결심을 푼 애나가 배에서 뛰어 내려온다. 그리고 왕의 임종 순간이 다가온다.

1951년 3월 뉴욕 세인트 제임스 극장 초연 후 50여 년 이상 뮤지컬로 올려진 〈킹 앤 아이〉는 시암의 옛것은 야만적으로 그리고 영국에서 새로 들여온 것은 신문명으로 그려 낸 서구 우월의식의 대 연회장이다. 라이센스든 오리지널이든, 절을 하는 자신들의 위대한 불교문화를 '두꺼비처럼'이라고 비하하는 왕자가 없나, 태국이 불교국가가 아니고 다른 종교 국가였더라면 이 뮤지컬의 생명력이 이토록 오래 존속될 수 있었을까 하는 의문이 들었다. 서구적 사고방식의 신문명을 받아들이느라 우리의 옛

문화를 내동댕이쳤다가 이제사 허겁지겁 버린 것들의 잔해를 찾아 헤매는 우리들의 현주소를 그대로 보는 것 같아 씁쓸했다.

뮤지컬 〈킹 앤 아이〉는 동양과 서양, 문명사회와 미개사회, 독재와 민주주의, 그리고 남성과 여성이란 서구의 이분법이 왕과 애나를 통해 전달되고 있다. 단지 애나로 대변되는 서양은 여성을 빌어 나타나고, 왕으로 대변되는 동양은 남성으로 나타난다. 그러나 이것은 '인권을 존중하는, 교육받은, 합리적인 여성'이, '문명화가 되지 못하고, 원시적이고, 교육받지 못한 동양'을 교육시켜 문명화로 이끈다는 서구 우월주의 시각이다. '미개한 문명'이란 이미지의 오리엔탈리즘은 서구의 시각에 그치는 것이 아니라, 동양인 스스로도 그렇게 인식하는 내재화가 부단히 재생산되는 것이 더욱 문제다. 그럼에도 불구하고 돈으로 살 수 없는 진실한 사랑 그 사랑이 세상을 움직이는 가장 큰 힘이라는 걸 이 작품은 통쾌하게 보여준다.

뮤지컬 〈킹 앤 아이〉는 율 브리너와 데보라 커 없이도 쿨했지만 역시 그들의 그림자 카리스마만은 걷어내지 못했다.

작곡 : 프랭크 와이드혼
안무 : 죠앤 로빈슨
캐스팅 : 브래드 리틀

마네 〈오페라 가면무도회〉 1873

한 몸에 세든 두 개의 본성

뮤지컬 〈지킬 앤 하이드〉
Jekyll & Hyde

인간의 이중성을 얘기할 때 인용되는 대명사 〈지킬 앤 하이드〉. 우리 안에서 싸우는 두 개의 영혼인 뮤지컬의 원작은 소설 『지킬 박사와 하이드 씨』(1886)다. 『보물섬』의 작가이며 스코틀랜드 시인인 로버트 루이스 스티븐슨(1850~1894)이 쓴 단편. 낮에는 시의원, 밤에는 은행 강도를 20년 동안이나 하여 런던을 경악의 도가니로 몰고 간 빅토리아 시대의 실존 인물 윌리엄 블라다가 모델이다. 〈지킬 앤 하이드〉는 인간의 이중적 자아, 즉 선과 악 그 이중인격의 충돌이다. 사람 속에 내재된 두 가지 모습을 보여주는 작품에는 소녀와 노인의 모습으로 나오는 〈하울의 움직이는 성〉, 인간이며 괴물이기도 한 〈헐크〉, 〈미녀와 야수〉, 그보다는 약하지만 〈배트맨〉, 〈투 페이스 하비〉 등이 있다. 그러나 가장 상징적 상품으로는 〈지킬 앤 하이드〉가 에곤쉴레의 〈이중적 자아〉란 그림과 함께 떠오르는데 주저하지 않는다.

주지하다시피 인간의 본성을 선과 악으로 분리시키면 불행이 사라질 것이라는 판단 하에 흑마법(black magic)의 에너지를 문학으로 옮겨 가장 격렬하고 오싹한 뮤지컬이 탄생했다. 1인 2역의 실재 공포가 말로 표현할 수 없을 만큼 오싹한 이유는 그것이 외부의 두려움이 아니라 나의 내부에서 올라오는 공포의 캐릭터이기 때문이다. 공포의 대상인 하이드는 외부 공간의 어딘가에서 나를 위협하는 존재가 아니라 바로 내 마음속 깊은 곳에 살고 있는 또 하나의 나로서 다른 인격의 대명사이기 때문이다.

이 원작은 현대인의 성격 분열을 통해 인간의 이중성 문제를 다룬 놀라운 발상이다. 종교의 지붕 아래 살던 빅토리아 당시 동일인간이 약물로 완전히 바뀌는 이중인격의 전형을 보여 주는 서스펜스였으니 얼마나 충격이 심했을까? 1997년 미국에서 공연이 초연됐을 때 원제목은 〈지킬 박사와 하이드 씨의 이상한 사건〉으로 현대엔 〈지킬 앤 하이드〉가 정신분석의 이중인격 관용어가 되었다.

뮤지컬 〈지킬 앤 하이드〉 오리지널팀으로 브로드웨이를 비롯해서 전 세계에서 오페라의 유령 '팬텀' 역으로 최장기 공연하였던 세계 정상급 뮤지컬 배우 브래드 리틀이 주인공 지킬 앤 하이드 역으로 출연한다는 점에서 주목을 받는다. 특히 이날 프레스콜에서 브래드 리틀은 한국인에게 잘 알려진 주제곡 'This Is the Moment'와 'Once Upon A Dream', 'Someone like you'를 부르며 베테랑의 실력을 유감없이 선보였다.

1막

런던에 사는 지킬 박사는 유능학 의사이자 과학자이다. 정신병을 앓고 있는 아버지를 위해 인간의 정신 중 선과 악 두 가지 본능을 분리시킴으로써 인간이 자유로워질 수 있을 것이라고 생각한다. 화학약품으로 실험에 착수한 어느 날 먹으면 도덕심이 없어지고 추악하고 잔인한 인간으로 변신하는 약을 발명한다.

왜 인간은~ 어둠에 무릎을 꿇을까~ 왜 우리 인생은 불완전한가~ 찾아야 해. 저 선과 악을 분리할 수 있도록~ 우린 집단 가면 속에 살고 있어~ 진실한 건 모두 숨겨진 허상 속의 진실. 남의 옷을 입고 나인 척하지~ 이건 질병이야 치료할 수 있어. 우린 모두 한 사람이 아닌 두 사람~ 임상실험 대상을 구하지 못한 지킬은 자기 자신을 실험하기 시작한다. 지킬 박사는 자신의 착한 면에서 살기보다는 악한 역할에서 쾌감을 느꼈으며 약 복용하는 횟수가 잦아지자 이젠 약의 힘을 빌리지 않고서도 하이드 씨의 모습으로 변신하는 단계에 이른다.

> 간절히 바라고 원했던 이 순간
> 나만의 꿈이 나만의 소원 이뤄질지 몰라
> 말로는 뭐라 할 수 없는 이 순간 참아 온 나날 힘겹던 날
> 다 사라져 간다 연기처럼 멀리 지금 이 순간 마법처럼
> 날 묶어 왔던 사슬을 벗어 던진다 지금 내겐 확신만 있을 뿐
> 남은 건 이제 승리뿐 그 많았던 비난과 고난을
> 떨치고 일어서 세상으로 부딪쳐 맞설 뿐
> 당신이 나를 버리고 저주하여도 내 마음속 깊이 간직한 꿈
> 간절한 기도 절실한 기도 신이여 허락하소서.
>
> —「지금 이 순간」 부분

자신의 임상실험을 믿지 못해 반대하던 사람들에게 임상실험이 성공적으로 이루어졌음을 보여 주는 순간. 그래서 '지금 이 순간에 내 모든 것을 바치겠다'라는 가사의 멜로디 때문에 광고는 물론 러브송, 결혼식 축가, 뮤지컬 오디션에서 열에서 아홉이 불러 아예 오디션 금지곡이 된 곡이기도 하다.

2막

술과 음악이 끈적한 펍. 그네를 타고 천정에서 내려오는 붉은 스타킹의 섹시한 약혼녀 엠마. 그녀를 향한 지킬의 순수하고 열정적인 사랑과 엠마의 지고지순의 사랑, 사회적 약자인 거리의 여자 루시에 대한 하이드의 격렬한 사랑과 루시의 지고한 사랑의 극명한 대립, 그러나 하이드가 표출하는 순수 악은 격렬하다 못해 파괴적이다.

1막의 '지킬' 버전과 2막의 '하이드' 버전을 완벽한 대조로 구성한 것도 흥미로웠다. 지킬과 하이드가 두 인물간의 분명한 차이를 위해 목소리 톤과 연기 톤을 바꾸듯 엠마와 루시의 관계 역시 성녀와 창녀라는 이분법적 여성상을 제시하고 있는 점이 주목된다. 몰입 그 자체로 악마의 포스를, 선과 악의 대결에서는 테너와 바리톤을 넘나드는 강력한 카리스마를, 끝내 악의 수렁에 빠져 고통을 절규하는 그의 눈빛과 노래를 관객들은 가슴속에 깊은 울림으로 저장했다.

〈실험 일지〉

ㅇ월 ㅇ일

자정이 지났다. 약품 10리터 복용. 그 어떤 야생동물보다 더 이 실험이
나를 미지의 세계로 가게 한다. 자학적 쾌락조차 매혹적이다.

ㅇ월 ㅇ일

나는 보이는 그대로인가? 내가 모르는 나인가?

ㅇ월 ㅇ일

내가 위태롭다는 것을 알고 있다. 내 안으로 숨어들어 간다. 나날이 내가
미쳐 가는 것일까?

ㅇ월 ㅇ일

자정. 약물 10리터 복용. 가장 두려운 건 실험 결과를 예측할 수 없다는
것이다.

ㅇ월 ㅇ일

통제불능 상태. 약성분의 과도로 내가 죽을지도 모르겠다. 지킬이 죽으면
전 재산을 하이드에게 양도한다.

ㅇ월 ㅇ일

약품 10리터 복용. 목구멍이 따뜻. 경미한 현기증.

마약을 마신 듯 행복감 출몰. 갑자기 숨이 차고 통제가 안 됨.

0월 0일

결핍을 가둔 몸, 감옥 같은 몸. 자신을 가뒀어~ 이젠 통제가 안 돼~ 나 어떡해~

0월 0일

두 개의 전혀 다르면서도 분리시킬 수 없는 힘이 괴물이 날 잡아먹으려 한다~ 해가 떠오르는 여명의 호수 주변이다. 공원에 모인 사람들이 조간신문에 찍힌 활자를 보고 경악을 금치 못한다. 주교 살인! 피의 살인! 4일 후 또 살인. 이번엔 그것도 성당 앞에서. 석간신문에 그 솜씨는 환상적. 저주 범죄 최악 피의 살인! 또 두 명. 런던이 미쳤다. 런던 경찰도 손들었음.

그러나 이번 뮤지컬에서 아쉬웠던 점은 하이드의 첫 번째 살인 즉 하기 싫어하는 어린 소녀와 억지로 한 파렴치한 도덕주의자인 주교를 죽일 때 한국판과 달리 어떠한 번개나 불도 사용하지 않아 그 효과가 밋밋했다. 두 번째는 지킬이 직접 만든 약을 주사하는 게 아니라 그냥 물약을 마심 으로써 긴장감이 결여된 듯한 인상을 남긴 것이 흠으로 지적된다.

지하실에 밀어넣고 한번도 들여다보지 않았던 어두운 나를 이제 돌아 봐야겠다. 어두운 방에 웅크리고 앉아 혼자 걷지도 못하는 괴물, 으르렁 거리기만 하는 괴물에게 다가가 조심스레 먹여 주고 어루만져 주며 따뜻 한 물로 발을 씻겨 주고 햇살 비치는 오솔길을 함께 걸으며 이야기도 나 눌 것이다. 아이처럼 안아서 밝은 방으로 옮긴 후 하이드의 고통과 슬픔,

눈물을 부드럽게 닦아 주며 애착관계를 형성해 나갈 것이다. 그리하여 어느 편안한 밤이 지나고 나면 개구리 왕자였던 하이드는 멋진 왕자가 되어 그대 옆에 누워 뽀뽀를 할 것이다. 스스로 규정하던 정의를 무너뜨리는 사람만이 자신의 감옥으로부터 나올 수 있다지 않은가. 분석심리학에서 그림자를 물리치는 단 한 가지 방법은 그것과 '하나되기'이다. 지킬과 하이드 어느 한쪽에도 치우치지 않고 그림자와 하나되라 말한다.

당신이었군요 찢어진 내 영혼 위해 눈물 흘린 사람이
당신이었군요 피 흘리는 나의 상처를 닦아 준 사람이
늘 공허한 어둠 속 헤맬 때
날 향해 있었던 눈길
내 영혼이 죽어 가고 있었을 때
날 위해 기도하고 계셨군요
긴 어둠 속을 빠져나와 이제 우린 만났군요.

〈나비부인〉 1904 초연 포스터   2013 포스터   2012 포스터   2012 포스터

초연 : 1904. 5. 이태리 라 스칼라 극장
원작 : 지아코사(Giacosa)와 일리카(Ilica)
캐스팅 : 소프라노, 나비부인
          테너, 핑커톤, 미국 해군장교
          메조소프라노, 스즈키, 나비부인의 하녀
          바리톤, 샤플레스, 일본 주재 미국 영사
          테너, 고로, 중매꾼

장미를 가지고 돌아올께, 울새가 집을 짓는 봄에

뮤지컬 〈나비부인〉
Butterfly

희극과 희가극, 광대극, 보드빌, 버라이어티 쇼, 팬터마임, 민스트럴 쇼 등 19세기의 여러 오락물에서 기원한 뮤지컬은 미국 유일의 토착 예술형식(indigenous art form)이다. 1866년 뉴욕에서 공연된 〈흉악한 사기꾼〉을 시초로 1960년대 후반에 이르러 뮤지컬은 로큰롤 뮤지컬, 오페라 양식의 뮤지컬, 화려한 조명과 무대장치를 강조하는 뮤지컬, 사회 비평을 내용으로 하는 뮤지컬, 향수를 주제로 한 뮤지컬, 순수 쇼로서의 뮤지컬 등 여러 방향으로 갈라지기 시작한 지 어느새 150여 년이 흘렀다.

18세기경 유럽에는 고급 매춘부인 코르타잔(courtesan)이 유행했다. 도시가 근대화되면서 시골 처녀들이 도시로 이주했다. 창녀로 전락하는 것은 다반사였다. 그런 대표적인 코르타잔들이 베르디의 〈라 트라비아타〉 속 비올레타, 푸치니의 〈라 보엠〉 속 미미, 〈마농 레스코〉 속 마농, 오펜바흐 〈호프만의 이야기〉에 나오는 줄리에타, 〈나비부인〉의 초초상 등등이 있다. 성공한 코르타잔이든, 실패한 코르타잔이든 그들이 받은 부당한 대우와 현실은 거의가 비슷했다. 17세기부터 서양과 교류를 맺은 일본은 그들을 상대로 매춘과 국제결혼을 달러벌이라는 목적으로 정부 차원에서 부추겼다. 겉으로는 화려했으나 속으로는 상처와 눈물투성이인 매춘부 나비.

나비(Butterfly)는 부귀, 아름다움, 사랑, 행운을 전달하는 날개의 상징이다. 최근엔 나비의 작은 날갯짓이 증폭되어 폭풍우가 된다는 '나비효과(Butterfly effect)'라는 시사용어가 생겨났는가 하면 영화, 음악 그룹의 이름, 대기업의 로고에 이르기까지 나비 문양이 유행을 선도하고 있다.

또한 한 가문의 상징 문양으로 내려온 우리 문화 속 다식판과 떡살 중

나비 문양은 삼다 즉 자식 많이 낳고, 복 많이 받고, 오래 살게 해 달라는 기원의 의미가 내포되어 있다. 삼월 삼짇날 흰 나비를 먼저 보면 그해에 상복을 입고, 노랑나비를 먼저 보면 길한 일이 생긴다는 우리의 습속이 있다. 민화나 자수 본, 규방공예에서 나비는 장수(長壽) 즉 꽃(여성)을 좇는 남성을 상징했고, 앞섶에 나비수를 놓은 저고리를 입은 기생이 머리 올려 줄 남자를 찾고 있다는 징표였던 것에 비해 이 작품에서 나비는 여자 매춘부다.

오페라 〈마담 버터플라이(나비부인)〉는 자코모 푸치니(1858~1924)가 46세 때인 1904년 밀라노의 라 스칼라 극장에서 초연되었다. 원작은 미국의 작가 존 루터 롱의 단편소설 『마담 버터플라이』(1898)이다. 그는 교사인 남편과 일본에 체류했던 누이인 제니 코렐로부터 '초초상'이라는 가련한 여인의 얘기를 듣고는 그 실화를 소설로 만들었다. 이 단편소설에 따르면 나비부인은 그의 조상에게서 어떻게 죽을 것인가를 배웠고 핑커톤에게는 어떻게 살 것인가를 배웠는데 결국 그녀는 죽음을 택하게 된 것이다. 동양에 대한 관심이 고조되고 있던 당시의 시대적 상황에 편승하여 데이비드 벨라스코가 쓴 희곡 '나비부인'은 런던에서 1900년 연극으로 흥행에 성공했고 그 공연을 보고 눈물을 흘린 푸치니가 오페라로 제작한 것이다.

지금은 전 세계 오페라하우스에서 사랑을 받는 단골 레퍼토리지만 오페라의 발상지인 이탈리아에서 이 작품처럼 초연에서 처연한 실패를 기록한 작품도 없다. 〈라 보엠〉, 〈토스카〉, 〈마농 레스코〉로 일약 스타가 된 푸치니는 나비부인의 제2막을 보며 성공을 자신하고 있었다. 그 순간 무대 위의 노랫소리가 아닌 객석에서 〈라 보엠〉이라고 외치는 어안이 벙벙한 싸움 같은 소리가 났다. 그는 소름끼치는 모욕과 혐오감을 느꼈다. 그 뿐만이 아니었다. 그다음 날 푸치니의 전담 출판사 대표 줄리오 리코르 디가 잡지에 다음과 같이 소개했다.

"외침 소리, 야유, 조소 등의 대혼란으로 무대의 소리는 하나도 들리지 않았다." 처참한 그 사건 후 날벼락을 맞은 푸치니는 고민고민하다 2막 을 둘로 나누고 길이를 짧게 만들고 그 막간에 '허밍코러스'를 집어넣었 다. 그러자 관객들은 이 오페라에 열광하기 시작했다. 이렇듯 일본 근처 에도 가 보지 않은 푸치니는 상상력과 예술성으로 나가사키적인 음악과 분위기를 만들어 내는데 성공했다.

1막

일본 나가사키 언덕에 있는 집에 들어서자 푸치니가 모자를 벗으며 인 사한다. 아무것도 욕망하지 않는 시간을 기다리기 위해 많은 시간을 그 냥 보내면 안 된다고. 하늘과 구름과 이 바다를 바라보라고. 시간이 조 금 더 허락한다면 꽃과 정원도 둘러보고 사랑의 황홀에 대해 이야기도 해 보라고. 그러다 그러다 짜증나면 모두 다 발로 차 버리라고.

1900년경 일본에서 서양 문물을 제일 먼저 받아들인 곳. 히로시마와 더불어 원자폭탄이 떨어진 곳 나가사키항. 군함이 정박해 있는 동안 미 국의 해군 장교 핑커톤은 중매쟁이 고로가 소개한 나비(초초상)와 즐기려

나가사키 초초상집 정원에 서 있는 푸치니

장난처럼 결혼한다. 그러나 집안이 몰락해 게이샤가 될 수밖에 없었던 그녀는 출구 없는 막다른 자기 생(生)을 이 결혼에 건다. 사랑이란 단어를 수줍어 말하지도 못할 것 같은 어린 소녀가 건장한 이국 남자 핑커톤을 선뜻 선택한 것이다. 조상의 신까지 내던지고 개종한 것으로 인해 스님인 큰 아버지 본조의 불같은 질책과 일가친척들에게 왕따를 당한다. 이때 핑커톤이 슬픔에 잠긴 나비를 위로하며 함께 '사랑의 2중창'을 부른다.

핑커톤 : 아직 내게 말하지 않았어. 나를 사랑한다고.

나비 : 말하고 싶지 않아요. 사랑이 죽음이 될까 봐 무서워요.

핑커톤 : 겁내지 말아. 사랑은 삶인 거야. 너의 가는 두 눈에 떠오르는 기
　　　쁨의 미소인 거야.

나비 : 키 크고 억센 당신 모습을 처음 보았을 때부터 좋았어요. 그리고
　　　그 쾌활한 웃음, 저는 만족해요. 작은 애기처럼 사랑해 주세요. 그
　　　로부터 수개월 후 핑커톤은 미국으로 출항하며 속삭인다.

　　　"나비, 조그만 내 색시. 장미를 가지고 돌아올게. 울새가 집을 짓는
　　　봄에, 약속해."

　　무한을 풀어내며, 초초상이 돌아오지 않는 핑커톤을 기다리며 부르는
아리아 '어떤 개인 날(Un bel di vedremo)'의 첫 부분은 한숨처럼 비탄처럼 느
리게 그대의 심금을 파고든다.

　　그분은 떠나기 전에 말씀했어요

　　오 버터플라이, 귀엽고 자그마한 아가씨

예쁜 저 새가 보금자리를 트는 계절에 돌아오겠소 라고

그분은 반드시 돌아올 거예요

울기는 왜 울어, 의심하지 말아야지!

어떤 개인 날, 바다 저 멀리서 연기 피어오르고 배가 나타나요

희고 큰 배는 항구로 와서 예포를 쏘고……

보이지? 아 그분이 왔어요.

나는 만나러 가지 않을 테야. 언덕에서 기다리는 거예요

얼마든지 기다릴 수 있어요. 그런 기다림은 괴롭지가 않아요

그분은 언덕을 올라오며 뭐라고 말할까?

멀리서부터 "나비야." 라고 부를걸!

나는 대답하지 않고 숨을 테야

그렇잖으면 반가워서 죽고 말 테니까

그러면 그분이 다가와서 나를 부를 테지

"오렌지 꽃 같은 나의 아가씨." 라고.

　2018년 6월. 일본 근대화의 진원지 나가사키로 문학기행을 떠났다. 차에서 내려 언덕을 오르기 시작하자 옆으로는 상가가 밀집되어 있었으나 구라바엔 글로버가든에 들어서면서부터는 수국이 지천으로 피어 있었다. 초초상이 살고 있던 언덕 위의 집에 도착했다. 결혼에 모든 것을 건 게이샤의 비극. 글로버가든에서 만난 나비부인. 바다가 다 내려다보이는 전망 좋은 집에는 초초상이 쓰던 화장대와 집기들, 아들을 안고 있는 사진까

지 금방이라도 나비부인이 나타날 것 같았다. 구라바엔은 개항 시절의 외국인 거류지였던 건물 8채를 복원한 3만여 제곱미터의 정원으로 나가사키 항구가 한눈에 보인다. 내려오다 초초상이 그려진 카스테라를 발견하고 환호성을 지르며 문학반을 생각했다.

원자폭탄으로 유명한 나가사키 언덕 위에 초초상과 핑커톤이 신접살림을 차린 집, 나비를 위해 99년 동안 빌린 집은 아직도 '나비부인의 집'이라는 눈물겨운 관광명소로 남아 있다.

2막 1장 나비의 집 안

이제 이 집에는 초초상과 하녀 스즈키, 그리고 어린아이가 하나 살고 있다. 아이 이름은 트러블(Trouble). 초초상은 남편 핑커톤이 언젠가는 돌아

나가사키의 나비부인의 집에 있는 초상과 아들 조이의 기념상

초초상의 집에서 바라본 나가사키

올 것이라는 기대 속에서 3년을 보냈으나 이제는 가지고 있던 돈도 다
떨어져 생활이 곤궁 하기만 하다. 초초상에게 중매쟁이 고로가 나타나
돈 많은 중년 귀족 야마도리 공작과 재혼하라고 끈질기게 달라붙는다.
초초상은 '결혼한 사람이 어떻게 또 결혼하란 말입니까?' 라며 거절하고
오직 그를 기다리며 기도한다. "일본 신은 게으름뱅이니까 미국 신들에
게 나는 기도 드릴꺼야. 그러면 빨리 그를 보내 주시겠지?" 기도의 힘인지
드디어 핑커톤이 탄 배가 도착했다는 소식이 왔다. 창호 미닫이문에 기다

림이 새어 나가도록 세 사람을 위한 구멍 세 개를 뚫어 놓고 흥분한 나비
는 다소 수다스럽긴 하나 마음 따뜻하고 충직한 하녀와 아이가 함께 꽃
으로 방을 장식한다.

2막 2장 나비의 집

　어느새 동이 트고 아기를 낳지 못하는 미국인 부인 케이트를 데리고 나
비의 집에 다시 돌아온 핑커톤, 그의 아내 케이트가 스즈키에게 부탁한다.
"내 아들처럼 돌볼 테니 믿어 주시겠죠?" "아, 그렇지만 어떻게 그 아이를
떼어 놓을 수 있을까! 하지만 당신의 뜻이라면 따르지요." 나비의 목소리
는 비장하게 적요하다. 남자들이 만든 문화 속에서 그들의 언어로 노래
하고 웃고 춤추며 관습처럼 그들의 동그란 온기였던 초초상은 이미 '아
내' 역을 접어 버린 한 어머니였다.

아가, 아가, 아가, 아가, 내 작은 사랑

백합 같기도 하고 장미 같기도 한 내 아가

네 맑은 두 눈을 위해서 어미는 죽는다

너는 바다 건너 가야 하니까

엄마가 너를 버렸다고 원망하지 말아라

저 하늘에서 내려온 내 아가

이 얼굴을, 네 어미의 얼굴을 봐 둬라. 내 모습을 잘 간직해 줘

잘 있어라, 아가야.

그녀는 흔쾌히 승낙하고 30분 후에 다시 오라고 해 놓고 아기 손에 미국 국기를 쥐어 준 후 병풍 뒤로 들어가 자기 아버지가 할복했던 칼로 목을 찌른다. 마지막 핑커톤의 애절한 목소리 "나비! 나비! 바보 같은 나비!" 평생 블루스타킹(18C 신지식인으로서 유럽의 문예 애호가들이 청색 스타킹을 신었던 것에서 유래)은 신어 볼 겨를도 없이 열다섯 살 게이샤를 명예롭게 지킨 최후의 자존심이 꼭 죽음이어야만 했을까?

여기저기서 아무때나 불쑥불쑥 튀어나와 나를 화나게 하는 백인 우월주의. 유럽 문화에 열등감을 갖고 있던 미국의 경박한 바람둥이 핑커톤의 노래를 들어보자.

"우리 양키는 온 세상을 떠돌아다니며 위험도 아랑곳 않고 이윤과 쾌락을 쟁취하죠. 어디든지 맘 내키는 대로 닻을 내리고 어느 항구에서든 맘

알베르 마르케 〈무거운 배〉 1900

에 드는 여자를 소유하지 못하면 인생은 가치가 없죠. America for ever 미국 만세! 미국 만세!" 두 팔로 허공을 찌르며 목청껏 만세를 부른다.

이 공연에서는 호색한과 파렴치범으로 사랑과 로맨티스트의 경계에서 고민에 빠져 노래 부르는 핑커톤과, 자신의 존재감은 스스로 휴지통에 버린 채 숭고한 모성과 절대적인 사랑만을 노래하는 나비 모습에 브라 비(BRAVI, 남자 여러 명)! 인간미가 물씬 풍기는 스즈키에게 브라바(BRAVA, 여성 혼자 공연)! 초초상이 목숨을 끊었을 때 날아가는 돈이 아까워서 발을 동동 굴렀을 중매쟁이 고로에게 브라보(BRAVO, 남자 혼자 공연)!

캐스팅 : 비올레타(고급 창녀), 알프레도(젊은 귀족), 제르몽(알프레도 아버지), 폴로라(비올레타 친구)
안니나(비올레타 하녀), 가스통(알프레도 친구), 그링빌(비올레타 주치의)

빅토르 바스네츠프 〈기쁨과 슬픔의 노래〉 1896

세상에서 가장 슬픈 독백

오페라 〈라 트라비아타〉 춘희
La traviata

|||||||||||||||||||||||||||||||||||||||||||||||||||||||||||||||||||||||||||||||||||||||||||||||||||||

주절주절 주절, 마치 고장난 턴테이블 같다. 요즘 자기 얘기 늘어놓기에 중독된 사람들을 만나면. 남의 말을 들을 인내심과 호기심은 애초부터 까맣게 잊어버린다. 이들은 상호 오가는 대화가 아닌, 가기만 하는 말을 하기 때문이다. 받을 새 없이 주기만 하다 보니 그 빈 공간은 공허하기 마련이고 고독감만 흘러들게 된다. 대부분 독백중독(monologue holic)에 걸린 사람들은 명랑 쾌활한 외향적인 사람들이 아니다. 자기의 치부를 꼭꼭 안으로 숨기는 타인의 평가에 예민한 사람들이다.

이런 독백중독증을 치료하기 위해 제일 먼저 해야 할 방법은 뭐니 뭐니 해도 상대방의 얘기를 꾹 참고 끝까지 듣는 연습이다. 또 다른 실전방법으론 눈과 귀만 사용하는 오페라 관람이 제격으로 등장한다. 오페라 〈라 트라비아타〉는 뒤마 피스(1824~1895)가 자신의 이야기를 쓴 소설 『춘희

(椿姬), 동백아가씨』(1848)가 원작이다. 뒤마 피스는 『몽테크리스토 백작』,
『삼총사』로 유명한 알렉상드르 뒤마의 사생아로 실제 코르타잔인 마리
뒤프레쉬를 사랑한다. 그녀가 23세에 폐결핵으로 세상을 떠나자 그 슬픔
을 글로 기록한다. 책은 출판하자마자 베스트셀러. 〈라 트라비아타〉에서
한 달에 25일은 흰 동백을, 5일간을 붉은 동백을 가슴에 꽂음으로써 월
경일을 돈 많은 호색한들에게 표시하여 온리 미트, 오프리 미트를 표현했
던 고급 창녀인 여자 주인공은 실제 뒤마 피스의 연인이었던 마리 뒤프레
쉬가 모델이었다.

'오페라(opera)'는 르네상스를 꽃피우던 이탈리아의 피렌체에서 탄생하
였다. '오페라'라는 말은 라틴어 'opus'에서 파생된 단어이며 이탈리아
어로 '작품'이라는 뜻이다. '트라비아타(Traviata)'란 '길을 잘못 든 여자'
또는 '바른 길을 벗어난 여자'다. 앞에 붙어 있는 '라(la)'는 여성을 나타
내는 정관사로, 영어의 'The'에 해당한다. 여주인공 비올레타의 극중 직
업인 코르티잔(courtesan)은 상류사회에서 공인된 정부 역할을 하던 사교계
여성들이다. 출신 성분만 귀족이 아닐 뿐 일반 귀족 여인들보다 훨씬 자
유분방하고 진취적이었던 기생이나 게이샤처럼 시, 음악, 춤에 뛰어나야
했고, 시사적 상식과 교양을 갖춰 상류사회 남성들의 대화 상대로도 손
색이 없어야 했다.

〈라 트라비아타〉는 알렉상드르 뒤마 피스의 소설 『춘희』를 주세페 베르
디(1813~1901)가 작곡, F. M. 피아베가 작시(作詩)한 3막의 오페라이다. 주로

춤추는 춘희

신화나 전설에서 소재를 취하는 당시의 일반적인 관습과는 달리 이 작품은 19세기 당대의 생생한 현실이 모티브다. 베네치아의 라 페니체 극장에서 초연되었던 1853년 유럽은, 시민혁명 이후 서자들에게 재산을 분할하지 않으려고 일부일처제를 선택하고는 남자들은 밖에서 자유롭게 즐기는 마초들의 이중윤리가 성행한다. 초연 때 이 오페라는 바로 이런 이유 때문에 실패했다. 옛 이야기가 아니라 바로 동시대 관객인 자신들의 이야기를 비판적으로 다뤘다는 점에서 귀족 관객들은 분노했고 그래서 베르디는 어쩔 수 없이 배경을 백년 전으로 바꾼 후에야 성공을 맛보았다.

이렇듯 당대 프랑스 사회 전반에 흐르고 있던 퇴폐 분위기는 보들레르의 『악의 꽃』, 플로베르의 『보바리 부인』, 에밀졸라의 『나나』, 모파상의 『여자의 일생』으로 묘사를 이어 간다. 현대에 와선 게리마샬 감독의 〈귀여운 여인〉, 바즈 루어만 감독의 〈물랑루즈〉, 강수지가 나오는 발레 〈까밀리아 레이디〉의 모티브도 〈라 트라비아타〉에 기초한다. 이 오페라는 이렇게 영화, 연극, 오페라, 발레에까지 영감을 대여해 준 것이다.

베르디는 지그문트 프로이트가 정신분석의 방법을 발견하기 훨씬 전부터 문학, 철학, 음악의 통합체인 오페라 안에서 그 시대의 생생한 인간 영혼에 대한 탐구를 담아 왔다. 내용은 순진한 청년 알프레드 제르몽과 미모의 창녀 비올레타와의 사랑 이야기로 한국에서는 1948년 1월 『춘희』라는 이름으로 초연했다. 영화 〈귀여운 여인〉에서 줄리아 로버츠가 가사를 하나도 알아듣지 못하면서 눈물을 글썽였던 바로 그 작품이다. 남녀의 만남/사랑/이별/오해/재회/죽음으로 인한 이별의 과정을 담은 이 오페라는 1막이 열리자 마자 화려한 파티 장면이 눈을 사로잡는다.

제1막

아직 파리는 여름의 바깥이다. 빨갛게 차오르는 동백꽃, 요새 같은 비올레타의 집 창문에서 바라본 하늘은 종종 꾸물거렸고 공기는 끈적거릴만큼 습했다. 파리 사교계의 꽃이며 귀족의 애첩인 비올레타는 페치코트로 한껏 부풀린 드레스에 부채를 들고 스스로 환락을 주관한다. 하나둘 손님들이 들어오고 명문 부호의 아들 알프레도가 비올레타를 소개하고는 일동 '축배의 노래'를 합창한다.

이 술잔 속에서 사랑과 행복을 찾아요~ 사랑은 여린 꽃 같아 쉽게 시들죠~ 매혹적인 시간을 즐겨요. 쾌락만이 나를 위로하지요. 이 흐르는 세월을 아쉬워 말고 웃음과 술로 즐겁게 보내요~ 자 춤추러 나갈까요? 무도실로 알프레도를 안내하려는 순간 비올레타는 급작스런 심장 발작을 일으켜 비틀거린다. 의자에 주저앉고 만 비올레타를 보고 어쩔 줄 모르는 알프레도. 이런 광경을 질투에 찬 눈으로 바라보던 두폴 남작이 거칠게 몸을 돌려 방을 나간다. 알프레도는 그녀를 부축해 주며 무절제한 이런 삶은 당신에게 좋지 않아요~ 나의 연인이 되어 주시오~ 내가 당신을 돌보겠소. 난 비밀스런 그대에 대한 생각으로 내 삶이 밝아지는 것을 느꼈소~ 내 사랑 지혈되지 않아도 좋소~.

이층에서 내려오는 폭넓은 나선형 계단 옆 높은 화병 위엔 분홍색 꽃들이 사랑으로 몸을 떨고 비올레타는 자기에게 집착하는 알프레도에게 의례적인 접대의식으로 자신의 가슴에 꽂았던 동백꽃을 선사한다. 두 사람은 파리 교외에 살림을 차리고, 비올레타는 사교계 생활을 미련 없이 청산한다.

르느와르 〈특별관람석〉 1874

여주인공에게 모든 것이 집중된 '프리마 돈나(prima donna) 오페라'인 〈라 트라비아타〉는 베르디의 〈나부코〉, 〈맥베스〉, 〈아이다〉 같은 대작들과는 전혀 다른 모습을 지닌다. 역사 배경이 아닌 개인의 소박한 행복을 얻으려는 남녀 주인공의 주관성을 강조한다. 뿐만 아니라 베르디의 음악은 비올레타를 고귀한 여성 즉 매춘 여성에게 기품을 부여했다는 것 자체로 그 당시 관객은 엄청난 충격을 받았다.

미국 심리학자 에리히프롬은 『사랑은 기술인가?』에서 말한다. 사랑에 빠지는 감정이란 우연히 찾아오는 즐거운 감정이 아니라고. 삶이 기술이 듯 사랑의 기술에 대해 우리가 배운다면 문학, 음악, 그림, 건축, 의학, 공학 같은 다른 기술처럼 같은 방식으로 시작해야 한다. 사랑에 굶주려 있는 사람들은 어떻게 하면 사랑받을까 궁리하면서, 시시꼴랑한 사랑 영화나 음악에는 귀 기울이면서도 사랑에 대해서는 배울 것이 아무것도 없다고 말한다. 이 목적을 추구하는 특이한 태도 중에 하나로 남자들이 사용하는 방법은 사회의 규약이 허락하는 범주 내에서 성공하고, 권력을 쟁취하고 부자가 되는 길이다. 다른 하나, 여자가 사용하는 방법은 자신의 몸을 가꾸고 옷치장을 하여 매력적으로 보이는 것이다. 남녀가 함께 사용하는 '매력적'이란 말은 유쾌한 태도, 재미있는 화술, 기분 좋은 겸손과 유익함이 듬뿍 든 인기 많은 최상품을 칭한다. 결국 남자가 바라보는 매력적인 여자와, 여자가 바라보는 매력적인 남자는 바로 그들이 추구하는 상품이기 때문이다. 이 오페라 역시 『사랑은 기술인가?』에서처럼 결혼을 일종의 거래로 여기는 부르주아의 가족 이기주의, 금전만능주의, 코르티잔과 합세한 상류층의 문란하고 왜곡된 성문화를 여과 없이 보여 준다.

제2막

살며시 저무는 가을. 비올레타가 생활비 때문에 그녀의 재산을 팔고 있다는 말을 하녀에게서 들은 알프레도는 돈을 구하기 위해 떠난다. 그 사이 알프레도의 아버지 제르몽이 그녀를 찾아와, 딸이 결혼을 앞두고 있는

데 오빠인 알프레도가 매춘부와 함께 산다는 소문 때문에 난처하니 헤어져 달라고 종용한다.

절연장을 받고 흐느끼는 알프레도의 어깨를 만지며 위로하는 아버지는 긴 코트에 지팡이에 기댄 채 유명한 아리아 '프로벤자 네 고향의 하늘과 땅을 너는 기억하니?' 를 부른다.

프로방스의 바다, 태양과 대지를 어찌 잊어버렸니?
누가 그 기억을 지워 버렸니?
어쩌다가 고향의 밝은 하늘을 버리고 살게 되었니?
지금 너는 슬퍼하지만, 그때의 행복을 생각해 봐라
그곳에서만 평화를 다시 찾을 수 있다.

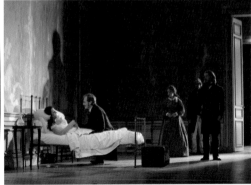

실존 인물 〈마리 뒤플레시스〉 초상
(1824~1847)

　어쩔 수 없이 다시 파리 사교계로 돌아온 비올레타가 무도회에 듀폴 남작과 함께 들어온다.

　잠시 후, 흰 블라우스에 꼭 조이는 조끼, 밤색 승마복에 롱부츠를 신은 알프레도는 분노에 몸을 떨며 들어온다. 비올레타가 배신했다고 오해한 것이다. 그리고 자신이 도박판에서 딴 돈을 비올레타의 얼굴에 뿌리며 손님들 앞에서 심한 모욕을 준다. 아~ 내가 여기에 왜 왔을까~ 신이여! 도와주소서~ 한꺼번에 차오르는 배신감, 화끈거리는 질투, 자기 투사인 알프레도의 이 처절한 행동에 붉은색 드레스에 피를 토하며 울부짖다 기절하는 그녀! 잠시 후 정신을 회복한 비올레타는 당신을 향한 내 마음을 당신은 모르실 거예요~ 당신을 얼마나 사랑했는지 아실 날이 곧 올 거예요~ 죽더라도 당신을 사랑해요. 죽어서도 당신만 사랑할…… 아! 날 사랑해 주세요~ 내가 사랑하는 만큼 피보다 더 붉게 사랑해 주세요~.

제3막

번뜩이던 천장엔 커다란 백열등 두 개만 남기고, 화려한 날들이 사라진 것처럼 그 많던 백열등들이 지상에서 사라졌다. 커튼으로 햇살을 가린 어둑한 침실에 비올레타가 누워 있다. 침대 가득 풀어헤쳐진 긴 머리카락들이 비올레타의 병색 짙은 하얀 드레스에 사랑의 추억처럼 감겨 있다. 비올레타를 후원하는 귀족과 결투를 벌여 그에게 상해를 입힌

알프레도는 광분했던 시간만큼 외국에 가 지낸다.

사육제, 축제의 날. 천천히 몇 줌 불빛이 차오르고, 창밖 거리에서는 사람들의 행복한 웃음소리와 마차 소리와 폭죽 소리로 흥청거리는 떼창이 들려온다. 비올레타는 침대에 누워 하녀를 내보내고 알프레도 아버지의 편지를 읽는다. 자기가 잘못했다는 것과 오해를 풀고 알프레도와 곧 찾아올 것이라는 소식이다. 결핵으로 숨져 가는 아침, 송화밀차 같은 햇빛이 보고 싶다며 간신히 몸을 일으키다 침대에 다시 쓰러지며 '지난날이여 안녕'을 부른다. 너를 주문할까? 늦었어! 기다리고 또 기다렸지만 아무도 날 찾아오지 않았어. 너무 늦었어~ 거울을 보며, 오~ 이렇게 내가 변

하다니 이젠 희망도 가질 수 없어. 당신과 사랑과 추억은 모두 사라졌네. 지난날의 꿈들과 장밋빛 당신의 위로를 기다리는 타락한 이 여인에게 용서를……

아, 당신이 왔는데도 날 구할 수 없다면
이 세상의 누구도 날 구해 주지 못할 거예요
오, 하나님! 이렇게 젊은 나이에
이렇게 온갖 고통을 다 당하고 죽어야 하나요!
그토록 울며 기다려 온 그이가 왔는데 죽다니요!
아, 내 소망도 모두 헛것이었고
내 신앙도 모두 헛것이었나요!

사랑을 잃고, 풍어를 잃고, 재산을 잃고, 살아갈 희망마저 잃어버린 여인에게 이때 알프레도가 나타나 너무~ 안타깝구나. 이 잘못 어떻게 하나~ 질투심과 암울한 사랑에 대한 분노 때문에 여기까지 와 버렸으니~ 오, 내 사랑~ 비올레타아~ 알프레도오~ 비올레타아~ 알프레도오~

서로 이름을 불러 준다는 것. 서로의 이름을 불러 본다는 것. 죽음 앞에서 영원히 못 부르게 될 것을 대비하여 불러 보는 마지막 말.

영화 〈로미오와 줄리엣〉 1968

〈셰익스피어〉

캐스팅 : 다미앙 사그르, 조이 에스텔, 씨릴 니콜라이, 톰 로스, 존 이이젠, 이리이 이따

단독 인터뷰, 감정에 체한 밤

뮤지컬 〈로미오와 줄리엣〉
Romeo and Juliet

||||||||||||||||||||||||||||||||||||||||||||||||||||||||||||||||||||||||||||||||||||||||||||||||||||||||||||||||||

필자 : 만나서 반가워요.

줄리엣 : 저두요, 그런데 어디서 오셨나요?

필자 : 코리아.

줄리엣 : 아~ 동방의 등불! 저도 몇 번 한국에 갔었어요. 경주 한옥에 앉
　　　　아 비빔밥도 먹고 누룽지차도 마시고 남사당패 놀이도 보고 인
　　　　사동에서 색동 조각 목도리도 사 왔는걸요. 너무 마음에 들었어
　　　　요. 다음엔 로미오도 간다고 벼르고 있답니다.

필자 : 오, 그래요? 반가운 소식이군요. 400년 전 윌리엄 셰익스피어가 이
　　　　원작을 쓸 때는 관객들이 공연장에서 와인을 마시고 땅콩을 깨물
　　　　었다더군요.

줄리엣 : 맞아요. 인터미션 때는 그뿐만이 아니에요. 객석 안에 바^(bar)가
　　　　있었고 한국의 마당극처럼 초콜릿과 아이스크림을 객석으로 팔

러 다녔거든요.

필자 : 그런 재미있는 일화가~ 허기사 그 당시의 문화란 그 시대상의 반
    영이니까요. 나는 불어를 잘 알지 못하지만 음악을 들으며 모니터
    를 보며 바쁘겠지만 열심히 지난날의 당신을, 당신의 사랑과 죽음
    을 만나 보겠습니다.

여신은 그 백설 같은 팔로/그를 둘러 안으며/훈훈한 포옹으로 그를 품어
준다/그는 갑자기 마치 창공을 쪼개는 벼락이/휘황하게 밝혀진 구름 속을
관통하며 질주하듯/여느 때의 정념을 느끼며/그에게 잘 알려진 정열이/골수
까지 스며들어 뼈가 저리게 속을 달리는 것을 느낀다.

－베르길리우스 「포옹의 황홀함」

〈로미오와 줄리엣〉은 영국 극작가인 윌리엄 셰익스피어의 희곡으로 이
탈리아 베르니아 민담이 오브제다. 그렇다면 두 집안이 원수가 된 이유
는? 신성로마 황제를 지지하느냐, 그렇지 않으면 교황을 지지하느냐의
문제가 발단이었다. 이탈리아 북부 만토바 근교 농가에서 태어난 고대 로
마의 시성 베르길리우스가 BC 30년경 지은 위의 시는 꼭 로미오와 줄리엣
을 위해 지어진 작품 같다.

1630여 년 어느 날 만토바는 셰익스피어 작품 속에 비극의 포도주
로 나타난다. 친구 마큐시오의 복수를 위해 줄리엣의 사촌오빠 티볼트
를 살해한 로미오가 사랑하는 줄리엣과 마지막 밤을 보내고 도피한 곳

이 또한 만토바다. 그리고 다시 400여 년 후 5000년의 포옹으로 전 세계의 접촉결핍증에 걸린 사람들을 흥분시키며 세상에 돌아온 신석기 시대의 유물 '발다로의 연인'이 있다. 꼭 껴안은 모습으로 발견된 남녀 유골의 Hug! 포옹은 이성 너머의 원시 세계의 친밀한 감정 영역에서 온 자세다. 가장 적극적인 비언어적 소통방식이다. 강력한 사랑 바이러스에 감염된 이 연인들은 피부가 서로 닿는 순간 애정 호르몬 옥시토신이 흘러내렸을 것이다. 자궁은 수축되고 젖 분비는 짜르르 촉진되었을 것이다. 세상의 모든 경계를 허무는 포옹! 이 오래된 한 컷의 포옹을 보는 순간 그리스 로마신화에 나오는 '피라모스 앤 티스베'와 '줄리엣과 로미오'가 "우리 그냥 사랑하게 해 주세요."라고 말하는 것 같았다. 愛之 欲其生 누군가를 사랑한다는 것은 그 사람을 살게 하는 것.

1막 ACTE 1

Romeo and Juliet

웅성웅성 까르륵까르륵! 꿈이라는 것을 알면서도 꿈을 꾸기 위해 로비에 모인 사람들. 미소마다 사랑이 주렁주렁 매달렸다. 주렁주렁 얼굴에 밥풀처럼 매달린 사랑을 사랑인 줄 모르고 프랑스에서 공수해 온 어린 사랑에게만 열광한다. 첫눈에 반해서 열병을 앓는 사랑이 귀하면 귀할수록 사람들은 하나같이 화려한 비주얼 사랑잡기에 필사적이다. 그러나 뇌하수체의 한 부분을 쓱 훑고 지나가는 사랑은 어디서든 물리적 모호를 넘어 묘약에 이른다. 고체이기도 하고 액체이기도 하고 기체이기도 한 이 사랑은 세상의 근원을 품었던 사막에서 잠시 길을 잃었거나 저자거리에서 잊혀졌을 때 비로소 온 곳과 떠날 곳을 어렴풋이 알게 된다. 하여 사랑이 사랑에게 몇 걸음씩이나마 다가가게 되는 때 그때쯤. 무대 깊은 곳, 차츰 블루로 바뀌면서 하늘엔 별 반짝이고 콜로세움 형태의 중세 고성이 비춰지고 아치형으로 구멍 뚫린 비스듬한 큰 벽이 나타난다. 옛 베로나의 모습이다. 사랑이 왕이 아니라 가문이 법인 이곳은 베로나. 아무도 없는 밤 베로나의 성벽을 거니는 외로운 죽음의 여신이 보인다. 달빛 아래 새로운 것 없듯, 시공을 초월한 증오와 복수 사이에서 태어난 화두, 사랑! 자신의 사랑을 죽음으로 실천하는 베로나에서 400년 동안 사람들의 가슴속에 살아 있는 다크 초콜릿 같은 사랑을 만난다.

브로드웨이식 군무와 달리 자유롭지만 지루하고 역동적이지만 단순하다. 그러나 대중음악과 현대무용을 결합한 기존 뮤지컬 애호층뿐 아니라 클래식이나 발레 애호가들까지 공연장으로 끌어들인 공로는 크다. 극중 몬테규가의 세 남자 로미오와 벤볼리오, 머큐쇼가 부른 '세상의 왕들'은

700만 장이나 판매고를 올린 곡으로 이 작품의 대표곡이다. 다미앙 사그르의 노래와 연기는 무척 훌륭하다. 이 한번의 무대가 마지막인 것처럼 불타는 열정과 애절함으로 '나는 두려워'를 부른다. 승복할 수 없는 세상을 향해 지르는 외마디 고함 소리다. 앞으로 일어날 비극을 유일하게 느끼는 로미오의 고뇌하던 모습이 참 인상적이라고 말하자 프랑스에서 긴 학창 시절을 보낸 친구가 옆에서 소곤소곤 말한다. "역시 기대 밖이야. 예전의 모습들 그대로야. 우리나라의 비약적으로 성장한 예술 수준을 따라오려면 아직 멀었어. 전통을 너무 중시하다 보니 그 전통을 넘어서길 거부하는 저 모습들이라니……."

프랑크 딕시 〈로미오와 줄리엣〉 1884

이탈리아 만토바의 몬테규 가문의 청년 로미오는 원수 집안인 캐플렛 가문의 가면무도회(파리스 백작과 줄리엣이 만날 수 있도록 줄리엣 아버지가 연)에 몰래 갔다가 우연히 아름다운 소녀를 본다. 언젠가는 자유로운 사랑에서 비롯된 용기로 사슬이 끊어지는 날이 우리에게 올 거예요~ 도덕을 무시한 적은 있지만 남에게 피해를 준 적은 없어~ 그렇게 삶을 사용하면서 만사를 두려워하기엔 인생은 너무 짧아~ 하얀색의 우아한 미니드레스를 입고 노래하는 그녀에게 첫눈에 반한 로미오는 그녀가 바로 원수 캐플렛가의 딸 줄리엣이란 사실을 알고 놀란다. 하지만 그녀에게 끌리는 감정을 막을 수 없었던 그는 밤에 담장을 넘어 창가에서 그녀를 만난다.

어느 별에게 어느 신에게 그의 눈 속에 있는 이 사랑을 감사해야 할까? 내일도 나와 영원히 결혼하고 싶나요? 전 그녀의 눈 속에만 살아 있죠. 북쪽에서 부는 바람도 당신보다는 어리석지는 않을 거야~ 그들은 로랑 신부의 성당으로 달려가 신부님의 주례로 몰래 결혼식을 치른 첫날밤의 전략.

2막 ACTE 2

사람들이 더 나쁘지도 않고 더 아름답지도 않은 베르나, 증오의 독이 마치 정맥 속을 흐르듯 흐르는 그대는 지옥의 베르나에 있다. 지금, 블루와 레드 사이로 흐르는 보이지 않는 긴장감 곁에는 영원한 사랑을 약속하는 줄리엣과 로미오의 종달새 노래가 흐른다. 그러나 친구 머큐시오와 싸움에 휘말린 로미오가 실수로 줄리엣의 사촌오빠인 티볼트를 죽이게 되면서 로미오는 쫓기는 몸. 난 감정의 그늘 밑에서 자랐지~ 나는 부모님의 복수의 팔이고 내 잘못이 아니야. 난 선택권이 없었을 뿐이야. 난 어린 시절을 빼앗겼고 난 나를 배신했어~ 로미오와 인연을 끊기 위해 줄리엣의 아버지 캐플렛경은 자신의 딸을 파리스 백작에게 주기로 결정한다. 홧김에 결정한 마음이 편할 리가 없다. 술 한잔 걸친 뒤숭숭한 그는 둥근 배를 들썩이며 자신의 딸에 대한 넘치는 사랑 '딸이 있다는 건(Avoir une fille)'을 부른다.

딸이 있다는 건, 작은 오팔 보석과도 같이 빛나는 두 눈에 하얀 피부

딸이 있다는 건, 여린 마음을 가진 신이 주신 선물, 악마의 선물

딸이 있다는 건, 그건 죄를 짓는 것 죄인이 곧 피해자라는 것

딸이 있다는 건, 두려움에 떠는 것 한 사기꾼을 위해 치장하는 것을 바라보는 것

딸이 있다는 건, 모래 가슴을 갖는 것.

프레데릭 레이트 〈로미오와 줄리엣〉 1855

　작품의 처음부터 끝까지 나달나달 중세의 가을처럼 닳아 가는 회색빛 거미줄 드레스를 입은 여인이 눈에 띠였다. 그녀를 '죽음'이라고 소개한다. 죽음을 모습뿐 아니라 능력까지도 인격화시켰다. 죽음을 암시하는 표현법이 저렇게 근사하게 표현될 수도 있다니…….

　또 있다. 줄리엣의 어머니 레이디 캐플렛의 50cm도 넘게 말아 올린 머리는 두 가문의 슬픈 역사의 내막이 켜켜이 쌓여 있는 듯 보였다. 독특했다. 터키 수피교 신비주의자들이 세마춤을 출 때 쓰는 갈색의 긴 모자가 연상되었다. 줄리엣 역의 조이에스텔은 뮤지컬배우 겸 TV 탤런트로 활동하고 있는 모델 출신이라서인지 다양한 표정의 색다른 분위기를 많이 연출한 반면 가창력은 현저히 떨어졌다. 줄리엣의 유모 역시 향단이처럼 참 경망스럽다고 여겼는데, 사랑과 결혼의 관계가 아무 상관도 없던 시대에 진정한 로맨스를 아는 속정 깊은 역할이란 걸 느꼈다. 사소한 변두리 인물들이 아무것도 아닌 이야기로 웃고 있어도 눈물나게 만드는 그 내공이라니……

레이디 몬테규 역의 너무도 섹시한 자태의 로미오 어머니를 시작으로 짙은 코발트색 의상에서는 증오가 스멀스멀 피어오르는 듯했다. 그리고 양쪽 가문의 대표가 남자에서 여성으로 바뀐 것도 이채롭다.

베로나에서 단테의 동상을 보고 아레나를 지나 줄리엣의 생가에 도착한 적이 있다. 셰익스피어가 이 집을 무대로 소설을 썼다는 증거는 어디에도 없지만 1905년 베로나 시에서 이곳을 '줄리엣의 집'이라 명명한 이래 로미오와 줄리엣을 잊지 못하는 방문객들의 발길이 끊이질 않는 곳이 되었다. 셰익스피어가 이 희곡을 쓰면서 주인공을 16세, 20세로 했던 이유를 생각하다 춘향이와 이도령의 나이가 떠올랐고 연이어 나비부인의 초초상이 15세였던 것도 생각났다. 사랑 하나에만 목숨을 걸을 수 있는 가장 순수한 시기란 동서양을 막론하고 이팔청춘 바로 그때쯤인가 보다.

중3 때 용산 극장이었지 아마. 연속으로 본 68년산 올리비아 핫세와 레너드 파이팅의 〈로미오와 줄리엣〉이 그림자처럼 공연 내내 나를 따라다녔다. 줄리엣의 남자를 통째로 만나 무대에서 체온을 비비는 순간에도 어린 날의 그 달콤했던 줄리엣을 넘어서지 못하고 주춤거렸다. 시각적 쾌락에 복무하는 현란한 조명이 작동됨에도 불구하고 큰 무대가 간간이 텅 빈 느낌, 시간이 뚝 끊어진 느낌, 전화벨 소리처럼 사랑의 단자들이 무대 사이로 빠져나가는 기분은 자꾸 의자 밑으로 떨어질 뿐이었지만 그래도 마

줄리엣 생가 발코니

지막 무대의 압권은 존재했다. 줄리엣의 죽음과 함께 일순간 툭! 하고 떨어지던 붉은 벽 커튼, 모처럼 붉게 아름답다 감탄했다.

그렇다면 마지막으로 질문 하나 던져 볼까요? 로미오와 줄리엣이 죽기까지 걸린 사랑의 시간은 며칠일까요? 이렇게 쉽게 알려 주면 안 되는데~ 네? 일주일이라구요? 아니죠. 단 5일간의 사랑이었습니다!

붉은 우주, 한발로 팽이처럼 돌다 사라지는

발레뮤지컬 〈홍등〉
Raise the Red Lantern

문화의 홍수 속으로 뛰어들기 전 사람(Homo)들은 문화 세례를 위해 준비체조를 한다. 문화를 소비하는 방식이 박물관이나 미술관에 가서 자신의 다리를 움직이는 아날로그 방식을 넘어 적극적 소유라는 체험방식으로 확장되어 간다. 객석과 무대가 함께 울고 웃으며 문화를 소유하고, 소비하며, 즐기는 것을 즐기는 시대인 것이다. 이런 현상은 도시로 유입된 대중 노동자들과, 경제적 부상, 교육의 확대에 따른 당연한 결과로서 어느새 엘리트 문화인 고전소설, 클래식, 오페라, 회화 등을 차용하여, 그들의 정서에 맞는 대중문화인 뮤지컬, 웹소설, 대중가요, 영화, 웹툰 등을 생산해내고 사용한다. 더욱이 혼재된 다문화의 영향으로 통섭의 아름다움을 피워 내는 오늘날 무엇이 고급인가를 결정하는 것은 매우 커다란 권력으로 작동될 수 있다. 플라톤의 이데아를 엿보듯 어떤 아우라가 찬란한지를 말하는 것 또한 그래서 쉽지 않은 일이다. 다만 자본주의 사회에서

연출 : 장예모
작곡 : 천치강
안무 : 왕신평
의상디자인 : 제롬카플랑

엘리트와 대중문화의 차이라면 소비를 부추기는 마케팅의 차이가 아닐까.

2008년 베이징올림픽 기념으로 중국 국립중앙발레단이 최초 내한공연을 한 발레뮤지컬 〈홍등〉은 2001년 초연 이후 투어를 통해 세계적으로 센세이션을 일으키며 주목을 받았다. 발레단의 명성과 자존심에 걸맞은 세계적 기량과 예술성을 통해 동서양의 결합을 완벽하게 소화시킨 대중무용(popular dance)의 덕일 터.

회화적인 기법과 색채감이 돋보이는 이 작품은 베이징의 자금성을 무대로 활용, 야외 오페라로 다시 제작되어 화제를 모았으며, 매회 36,000여 명의 관중을 동원하는 대성황을 이뤘다. 상업과 예술의 경계를 허문 것으로 평가받는 세계적 거장 장예모 감독이 연출한다. 변화하는 무대와 조명, 낯빛과 머리 모양, 서양 발레복 대신 중국 전통의상인 '치파오'가 만들어 내는 섹슈얼은 그 자체로 대중문화사의 기록이자 비평이 된다.

Act 1

〈홍등〉은 봉건주의 상징. 서구의 신문화가 밀려오는 1920년대의 어느 날. 대저택에는 조상 대대로 전해져 내려오는 가풍이 소개된다. 주인인 부호 영감은 다섯 명의 부인 중에 매일 한 명을 택해 잠자리를 같이하고 선택당한 부인의 처소에는 홍등이 밝혀진다. 용마루에 혼몽한 붉은빛이 영묘하게 비치는 깊고 고요한 저택에 꽃가마가 당도한다. 아름다운 아가씨가 가방을 들고 무대 전면에 등장한다. 돈 많은 부호에게 팔려오는

에곤쉴레 〈자유를 보라〉 1900

셋째 부인이다. 신부를 맞이하는 축제 속에서 첫째 부인과 둘째 부인은 복잡한 심경이다. 숨막힐 듯한 치파오의 각선미, 화려한 분장, 감각적인 사운드, 섹슈얼리티가 유혹적이다 못해 환상적이다.

신혼 첫날밤. 붉은빛이 한지 밖으로 쏟아진 마샬라가루처럼 내밀하게 새어나오는 방. 셋째 부인에게 다가가는 부호 영감의 행동이 그림자로 확인된다. 영감의 일방적인 정사 장면은 종이로 처리된 막 저편에서 몸싸움 그림자극으로 투영된다. 막을 뚫고 필사적으로 저항하는 신부의 만만찮은 장면 역시 기발하다. 무대 가득 커다란 붉은 비단을 덮는 초야의 상징 또한 베일 효과의 절묘한 감동, 감동이다.

어둑어둑 저녁이 내려오면 대저택의 부인들 처소 입구에는 붉은색 둥근 등이 내걸린다. 밤을 기다리는 것이다. 세상 만물을 따뜻하게 문병할 것 같은 등, 붉은 뺨이 지나간 사랑을 꼭 닮은 등, 익명을 갈망하다가 상처의 아름다움이 되어 버린 등은 과거의 문화와 정신적 유산을 말없이 현재로 실어 나른다. 여자가 흘리고 간 발자국 위로 말 없는 등에 불을 밝히는 것은 오직 남자들, 즉 남근(penis)들의 특권이다. 지금은 '홍등'이 유곽, 매춘을 상징하지만 1920년대 중국의 '홍등'은 부호의 침실을 반드시 지켜야 하는 메타포였다. 팔루스(phallus)라는 말은 단순히 남근을 의미할 수도 있지만 남성의 성, 남성이 가지고 있는(특히 여성에게 행사하는) 권위와 권력, 일반적인 권위와 권력, 개인성, 모든 종류의 통일성, 신, 삶 그 자체이다. 또한 '팔루스적 상징'의 범주에는 남근의 표상인 펜, 시가, 칼, 높은 빌딩,

높은 탑 등이 포함되어 왔으나 발레뮤지컬 〈홍등〉에서는 '홍등' 자체가
남근의 표상인 동시에 남성 권력이라는 공시 의미를 전달하기도 한다.

　페미니즘 영화 비평가인 제인 게인즈는 이 작품에 대해 남성 관객과 프
로이트의 훔쳐보기 또는 관음증(voyeurism)과 물신숭배(fetishism) 이론들을
결부시켰다고 주장한다. 남성 위주의 오랜 역사 속에는 모든 사물은 낮
과 밤, 하늘과 땅, 지성과 감성, 그리고 능동성과 수동성…… 언뜻 보기
에는 단순한 짝지음으로 보이지만, 여기엔 여성 차별의 논리가 스며 있다
는 것이다. 외면상으로는 이항대립적으로 짝지어진 것 같지만 둘 중 하
나는 분명하게 우등한 대접을 받았다. 대접받은 주체는 항상 남성, 그리
고 남성적 자질이라고 간주되는 먼저 호명되는 것들이었다.

　1974년 유럽 최초로 파리 8대학 내에 '여성학연구센터'를 창설한 여성
학 연구자인 엘렌 식수는 '여성을 뭔가가 결여된 남성', 혹은 그의 파생

물로 보는 태도를 맹렬히 비난하면서 '남근중심주의'의 근원을 공격했다. 그녀는 남근중심주의가 이른바 남성의 우쭐함에서 비롯된 게 아니라 '여성에 대한 두려움'에서 싹튼 것이라는 역발상으로 대적했다. 바로 이때다. 장예모 감독은 그러나 아무것도 못 들은 척, 못 본 척, 〈홍등〉의 뼈대 외에 중국의 1920년대 당대의 사회상과 다양한 문화를 작품 곳곳에 흩뿌려 놓으며 슬며시 미소 짓고 사라진다.

다시 시놉시스, 전통 경극과 그림자극을 발레에 수용한 파티 장면, 중요한 순간마다 동양 악기와 오케스트라의 협주는 중국 전통무용과 서양의 클래식 발레의 접목을 통한 새로운 볼거리를 제공한다. 아직도 결혼 축하연이 계속된다. 부호 영감은 경극단을 저택으로 초대하여 부인들과 함께 경극 공연을 보고 마작을 즐기면서 돈으로 산 시간을 돈으로 소비한다. 셋째 부인은 그 자리에서 과거 연인과 우연히 재회를 한다. 경극배우가 된 그녀의 옛 애인과의 밀회는 꿈 같지만 곧 음흉한 마음을 품고 있는 둘째 부인에게 발각되고 만다.

Act 2

1581년에 창작된 연극적 요소가 혼합된 '키르케'가 최초의 발레로 간주된다면 19세기에 접어들면서 발레는 현대화되어 오늘날과 유사한 모양새를 갖추게 된다. 예를 들면 발끝으로 서는 뽀앵뜨(Pointe) 기법과 한 발로 팽이처럼 도는 피루엣(pirouette), 로맨틱 튜튜(Rmantic Tutu)를 입고 미풍처럼 날아와 엉겅퀴 털처럼 가볍게 떠다니는 남녀 주역 무용수 둘이서 추는 그랑파드되(Grand pas de deux)가 있다. 그러나 〈홍등〉에서는 선택받은 첩을 대표하는 '붉은 등'이라는 소재를 살리기 위하여 뽀앵뜨와 피루엣, 그랑파르되, 파르되로 스토리의 희로애락을 표현하되, 튜튜 대신 우아하고 섹시한 중국 전통의상인 '치파오'다. 이런 복장과 태도의 추이는 이 스토리 발레를 섹시하게 완성시킨 일등공신인 것이다.

프랑스 디자이너 제롬 카플랑의 세련되고 감미로운 색감의 의상은 매우 인상적이다. 몬테카를로 발레단의 의상 디자이너이기도 한 그녀는 단순한 발레복 대신 화려하고 매혹적인 의상 '치파오'를 스토리에 입혀 섹슈얼하게 이야기를 끌고 가는 간접 체험은 아래로 아래로만 흐르는 봄비 소리처럼 절묘하다.

전시되는 젊은 육체를 관음하는 관객들에게 현대발레의 거장 모리스 베자르는 이렇게 일침을 날렸다. "튜튜는 상류층을 위한 포르노다."

Act 3

문득 무대. 세월의 건기와 우기를 거치고, 시간의 온대와 한대의 침묵
모서리를 지나면서, 명문가 출신인 정부인, 교활하고 질투심 많은 둘째
부인, 가수 출신인 셋째 부인은 매일 저녁 자신의 대문 앞에 홍등이 켜지
기만을 기다린다. 밤이면 영감이 기거하는 방에만 홍등이 환하게 켜지고
나머지 홍등은 일시에 꺼진다. 그래서 밝혀진 홍등을 통해 대감이 어디서
기거했는지 알려진다. 방 앞에 홍등을 단 부인은 시녀들에게 발 안마 서
비스를 받는다. 발바닥을 비단 천으로 곱게 감싼 채 두드리는 소리는 다
른 첩들을 시기와 질투의 나락으로 떨어지게 만들기에 충분하다. 이 작
품에서 '홍등'과 '발 마사지'는 선택받은 자의 특권인 기호이기 때문이
다. 이렇듯 여인들의 생활은 오로지 부호 영감의 총애를 받기 위한 생존
전략으로 우리나라 궁에서 수많은 처첩들이 밤마다 왕의 발길을 기다리
는 것과 하등 다를 게 없어 보였다. 시기심이 가득한 둘째 부인은 셋째
부인의 비밀스런 애정행각을 영감에게 밀고한다. 이에 의기소침해진 셋째

Raise the Red Lantern

부인은 저택 정원에 가득한 홍등을 다 부숴 버리고 연인과 함께 감옥에 갇혀 빠른 속도로 점점 미쳐 간다.

오랫동안 인형으로 테러당해야만 했던 시간에게 속죄의 유예기간은 지났지만 이제라도 잘못을 바로잡아 보겠다는 의지가 이 작품을 있게 한 것은 아니었을까?

'성'을 주제로 한 춤은 어느 시대에나 성행되어 왔다. 성을 농락할 때 무대 전면에 덮었던 천과 젊은 연인과 셋째 부인, 그리고 둘째 부인의 사형이 집행되는 곳에서 천 위에 나타났던 강렬한 붉은색 자국은 지루할 틈을 주지 않았던 공연의 하이라이트다. 붉은 칠을 한 긴 막대를 잡고 무대 전면 벽에 펼쳐 놓은 흰 광목천을 죄인처럼 타닥타닥 내려치는데 칠 때마다 튀는 붉은 핏방울 자국은 붉은 획으로 타닥타닥 광목천에 찍히는 선명한 울음이다. 절규에 가까운 음악까지 가세해 극적인 효과가 장엄하다.

봉건제도의 희생물로 처연하게 죽어 가는 비극미의 결정체는 마지막 장면이다. 세 구의 시체 위로 계속해서 쏟아져 내리는 하얀 눈송이들과 붉은 등의 대비는 이 발레뮤지컬의 백미다.

1895년 프랑스 사회이론가 귀스타브 르 봉은 군중의 개념과 역사에 끼친 군중의 영향을 다룬 고전인 『군중(The Crowd)』에서 "사람들의 상상력에 연극적 표현보다 더 큰 영향을 끼치는 것은 없다. 전 관객은 동시에 같은 감정을 경험한다. 만약 이런 감정들이 즉시 행동으로 바꾸어지지 않

는다면 그건 대부분 별 자각심이 없던 관객이 자신을 환상의 희생물로 여기고, 자신이 웃고 울면서 본 것이 가상적인 모험이었다는 생각을 없애지 못하기 때문이다. 그러나 때로 그 이미지들이 제시한 정서들이 너무나 강렬하여서 관객은, 반복하여 암시를 받은 듯이, 어떤 행동을 취하는 경향이 있다."고 '마법의 총알' 이론을 믿는 이유를 설명한다. 〈황후화〉의 핏빛 혁명, 〈영웅〉의 붉은 깃발, 〈붉은 수수밭〉과 〈홍등〉에 이르기까지 붉은색을 관통해 온 장예모 감독은 발레뮤지컬 〈홍등〉에서도 예외없이 붉은색 교본을 만들어 낸 감독이다. 영화 〈홍등〉이 희생했던 이야기의 디테일이 발레뮤지컬 〈홍등〉으로 재생되어 제 앞의 생을 송두리째 희롱하고 주무르다 힘차게 저어 가고 있다. 파문 같은 느낌은 그렇게 다르면서 같고 같으면서 달랐다.

사람들은 공연을 고르면서 특별한 기적을 바라진 않는다. 보통은 그날 하루저녁 가득 행복하면 그만이다. 관객들이 사라지면 공연도 자신의 그림자를 끌고 어둠 속으로 사라진다. 마치 호흡을 하듯.

원작 : 마르셀 에메
캐스팅 : 박상원, 엄기준, 남경주

인생이란 소박한 벽 몇 개 거느리는 것

뮤지컬 〈벽을 뚫는 남자〉
Le Passe-Muraille

"봉쥬르(bonjour)!"

물랭루즈. 젊은 예술가들의 거리로 유명한 몽마르트르 언덕에서 노르뱅 거리를 따라 내려가다 보면 사거리 한 모퉁이에 작은 광장 하나를 만난다. 이 작은 공터에 들어서면 아주 특이한 동상이 눈에 들어온다. 벽을 막 빠져나오려고 애쓰는 기이한 모습. 동상의 손을 만지면 글을 잘쓰게 된다는 속설 때문에 ㅋㅋ 나도 반짝이는 그의 왼손을 꼭 잡았다. 몽마르트르의 영원한 거주자가 된 그는 과연 누구인가?

대중문화예술에서 극(Drama)을 보는 것만큼이나 극을 보러 온 사람을 구경하는 것도 중요한 목적으로 작용한다. 대형 공연장소 혹은 로비 공간과 팔키(palche)의 공간적 배분이야말로 아직도 남아 있는 이야기 공간의 흔적이기 때문이다. 에드워드 고든 크레이그는 그의 저서 『연극 예술

론』에서 다음처럼 말한다.

"극장 예술은 연기도 아니요, 희곡 작품도 아니다. 또한 그것은 하나의 장면도 아니요, 춤도 아니다. 극장 예술은 모든 요소들이 종합되어 하나로 구성되는 것, 그 속에 존재한다. 행동은 연기의 핵심이고, 언어는 희곡의 몸체이다. 선과 색채는 무대 장면을 최고로 살릴 수 있는 요소고, 리듬은 춤의 본질이다."

뮤지컬 공연에 뜨겁게 미치다 보면 삶의 여유를 만드는 사고의 확대는 자동 생산된다. 사악한 외형과 지독한 냄새로 관람 내내 벌서는 기분일 때도 있지만, 한 작품에 풍덩 빠져 감동하고 환호하며 건져 올리는 카타르시스는 그대의 현실을 변화시키는 힘이 되기도 한다. 일상의 두려움과 불안정 속에서 어느 날 갑자기 벽을 자유자재로 드나들게 된 한 평범한 남자의 아름다운 사랑 이야기다. 1947년 전쟁의 기억은 이곳저곳 남아 있지만 몽마르트르 우체국 민원처리과의 이른 아침은 기분 좋은 멘트로 시작한다. 대사 없이 노래가 이어지는 '송스루(song-through)' 뮤지컬 〈벽을 뚫는 남자〉는 프랑스 국민 작가 마르셀 에메가 1943년에 쓴 『벽으로 드나드는 남자』 소설이 원작이다. 마르셀 에메의 이야기는 통통 튀는 기발한 상상력과 반전 그리고 영화음악가 미셸 르그랑의 긴 여운이 특징인 어쿠스틱 밴드가 프랑스의 정서를 물씬 전한다. 프랑스에서는 1996년, 국내에서는 2006년 첫 공연.

Act 1

넝쿨장미가 탐스럽게 타고 오르는 2층 석조건물 벽에는 예쁜 시계가 오후 5시를 가리키고 있다. 몽마르트르 우체국 민원처리과 말단직원인 듀티율은 특이할 것 없는 독신 남으로 우표 수집과 장미 물주기가 취미다. 태만하고 요령 좋은 동료들은 성실하게 일을 하는 그를 바보 취급한다. 파란 하늘엔 뭉게구름이 흐르고 손수레에 가득 오색 과일을 실은 나이든 여인이 나타나 화끈하고 멋지게 노래를 한다. 하루가 마법처럼 저물고 조금은 눈물을 흘려도 괜찮아~ 그러나 아직 내 사랑과 과일은 싱싱해요. 청춘이 시들기 전에 어서어서 사세요. 남김없이 좀 사 주슈~ 나 아직 괜찮거든! 어두운데서 사랑하면 죽이는 향수 '후아그라' 보다 좋아~ 섹스 말곤 남녀자유평등은 없어! 자유와 평등이 확실히 공존하는 것은 섹스뿐. 섹스 없이 어찌 살라구~ 내 젊은 날~ 전쟁 포화를 피해 들어선 방공호에서 밤낮으로 육탄전을 벌렸었지. 낮에는 과일맛으로 밤에는 짜릿한 술맛으로. 나의 매력은 단골만 알죠. 하안번 오오세용. 긴 머리를 풀어 내리고 붉은색 스타킹을 신고 한 모금 한 모금 인생의 오르가슴을 위로해 주는 우와 그래 난 창녀지~ 낮에는 과일 팔고 밤에는 영혼 파는 창녀야!

오후 다섯 시, 듀티율은 일과를 마무리한다. 창녀, 화가, 신문팔이⋯⋯ 활기찬 이웃들이 살고 있는 몽마르트르의 집에 돌아가자 갑자기 정전. 매일 밤 일어나는 정전에 그는 진절머리가 나지만, 오늘밤은 뭔가가 다르다. 문을 열지도 않았는데 그는 집안에 들어와 있다. 투명인간처럼 벽을 뚫고 들락달락한다. 그리고 다시 불이 나갔을 때 마치 벽이 없어진 듯 그는 갑자기 밖의 계단에 서 있는 것이다. 스스로 미쳤다고 판단한 듀티율은 정신과 의사를 찾아간다. 절대 의사처럼 보이지 않는 의사에게, 벽으로 들어와서 놀라셨죠? 아뇨 반가워요. 어서 오세요. 그렇다. 이 작품을 이해하려면 현실에서는 일어날 수 없는 환상을 치료하는 장면부터 주목하기 시작해야 한다.

자네, 벽은 뚫지만 침대는 못 뚜네~ 우울증에 콤플렉스, 스트레스 등등 짬뽕 병이야. 자, 이 핸드메이드 약을 먹으면 나을 거야. 다른 약도 있어. 신의 물방울도 있고, 콩가루 묻힌 염소 똥도 있어. 그럼 긴장 풀고 함께 웃어 봐. 아~ 웃음 딸려. 이런 짬뽕 병이 있을 땐 그대를 사랑하는 여자와 '랑랑랑' 하면 벽 뚫는 증세는 없어질 거야~

말할 수 없이 고독하고 외롭지만 불끈불끈 솟는 난 보통 남자~ 염소 똥, 신의 물방울, 그중에 여자는 정말 황당한 처방전이야~ 벽을 원망한 적은 없어. 인생이란 소박한 벽 몇 개 거느리는 것. 난 욕심없이 살 거야~ 간간이 벽이 나타나는 것이 난 삶이라고 생각해. 뿔테 안경에 바바리를 걸친 난 보통 공무원~ 노래 사이사이 '끄윽' 주인공이 트림을 할 때는 피아노 건반을 다르륵 차례로 빠르게 눌러 트림 소리를 극대화시키는 재미 등등. 그의 초능력을 표현하는데 뛰어난 조명기술이 한몫한다. 특히 다채로운 조명이 그의 동선을 표현하는 중요한 요소기 때문에 자칫 실수

알폰스 무하 〈비잔틴 금발머리〉 1897

가 나면 속임수가 드러나 시시껄렁해질 수가 있다. 현란하게 이동하는 조명이 아니었다면 벽을 빈번하게 드나들고 자발적으로 들어간 감옥에서의 뻔질난 탈출이 과연 신비해 보였을까?

　각본을 쓴 디디에르 반 코웰레르의 재능으로 뮤지컬 〈벽을 뚫는 남자〉의 현실과 환상의 이중주는 독특한 유머감각과 위트로 옮겨졌다. 관객의 긴장을 해제시킬 뿐만 아니라 마음껏 깔깔거리게도 하며 53곡의 음악은 모두 이어져 삶에 대한 애정을 오색풍선처럼 잘 표현한다. 조간신문 빅뉴스를 알립니다~ 지난밤에 귀금속점이 몽땅 털렸는데 남겨진 것은 그림자도 없었답니다. 경찰이 발칵 뒤집혀 찾고 있는 범인은 지문도 어떤 흔적도 남기지 않는 프로입니다. 과연 누구일까요? 주인공 듀티율은 어느 날 밤, 은행에 잠입한다. 벽을 뚫고 금고의 물건들을 꺼내 본다. 난 벽뚫남! 난 이제 특별해~ 맘만 먹으면 빵 가게에 들어가 빵을 실컷 먹을 수도 있고, 보석 가게에 들어가 보석을 한 줌 가지고 나올 수도 있어. 난 새로운 사람이 된 거야. 벽을 뚫는 대회 같은 건 없을까~ 앞집에 살고 있는 이사벨!

하루에 딱 한 시간 남편의 허락을 받고 밖에 나오는 가여운 여자. 언제
부터인가 그는 시들시들 말라 가는 그 여자에게 마음을 빼앗기고 있다.

Act 2

예상치 못했던 첫 장면이라서 깜짝 놀라 고개를 뒤로 돌렸다. 주인공 듀
티율이 노래하며 무대를 향해 뒤쪽 관객 사이에서 걸어 나온다. 바보처럼
당신이 찾아올까 기다리고 기다리네~ 그대의 모습만이 차가운 감옥에서
나를 지켜 주네. 이사벨라! 새장에서 날아올라 자유롭게 날아요~ 그리고 이
차가운 내 곁에 있어 줘요. 내가 수많은 벽들을 뚫고 그대에게 다가왔듯이~
나도 떠나고 싶어~ 멀리. 내 꿈에도 날개가 돋아나네~ 라고 날개 편 참새
처럼 노래 부르는 주황색 후레아스커트를 상큼하게 입은 유부녀 이사벨
라. 뜨겁게 온몸이 달아오른다.

무대가 바뀌고 재판이 시작된다. 파시스트, 창녀, 공산주의자가 듀티율
을 위해 증언을 한다. 그러나 빨간 망토에 애꾸눈인 검사, 다름 아닌 이

사벨의 남편이 등장한다. 그는 살아 있는 이 동네의 악신이자 악법이고, 이사벨과 동네 사람들이 느끼는 딜레마와 악몽의 실체다. 미래의 조국을 위해 듀티율의 목을 칩시다~ 한밤중에 벽을 뚫고 들어와 당신의 부인을 겁탈할지도 모르니 듀티율의 목을 쳐서 장래의 후환을 없애야 됩니다~ 이사벨 남편인 검사는 벽을 뚫는 남자의 사형을 구형한다. 장면이 바뀌고, 변호사는 듀티율이 은행 개인금고에서 발견한 검사의 비리가 가득 적힌 비밀문서를 증거물로 내놓으며 정말 감옥에 갈 사람은 당신~ 검사라고 말한다. 정작 법정에서 잡혀가는 것은 검사인 이사벨 남편. 그동안 묵었던 동네 사람들의 속을 시원하게 뻥 뚫어 주고.

그 소식을 듣고 불안에 떨던 이사벨이 나타난다. 듀티율! 내 손을 잡아 줘요~ 이제는 새장을 나왔어요. 내 맘을 뒤덮었던 두꺼운 벽들이 모래처럼 스르르 부서져 내려요. 자아, 날 바라봐 줘요. 새로운 꿈처럼 새로운 세상이 열려요~ 모두가 지켜보는 가운데 듀티율과 이사벨의 아찔한 키스. 다음 날 저녁, 주위 사람들이 서두르라고 재촉하는 가운데 듀티율은 자신을 기다리고 있는 이사벨의 집으로 향한다. 하지만 잠시 후에 나온 그는 행복해 보이는 이사벨과는 달리 왠지 아주 피곤해 보인다. 기운을 내기 위해 처방받았던 약을 단숨에 마시고 그녀의 집 벽을 뚫고 들어가던 그 순간 듀티율에게 이상한 현상이 나타난다. 신비한 마법이 풀려버린 것이다. 몸의 반은 벽 속에 갇히고 반쪽만 세상에 보이는 상태로 차갑게 식어 가며 벽이 되어 간다. 나는 벽 속에 남아요~ 이젠 모두 안녕히~ 여인과의 사랑으로 최고점의 행복한 순간에 벽이 되는 이 광경을 눈물로 바라보던 이사벨이 딱딱해지는 듀티율을 껴안으며 울부짖는다. 우리 둘이 함께 잠들면 이 시간도 멈출 텐데~. 날씨도 추운데 '벽뚫남' 듀티율은 그 벽에 갇혀 무슨 생각을 하고 있을까?

원작에서 듀티율 예명은 '가루가루'였는데 우리나라 버전에선 '벽뚫남'으로 바뀐다. 벽을 뚫는 것처럼 여자를 뚫으라는 은연중의 강압이었을까. 섹슈얼한 느낌을 더욱 강조하기 위함이었을까. 이 작품이 나온 시기는 1943년 1차 세계대전이 끝난 직후다. 무분별하게 파괴된 산업혁명 속에서 상실된 인간성 회복을 위해 현실과 비현실을 넘나들면서, 환상과 실재의 경계를 묘하게 실현시킨다. 거리의 노래, 종이의 벽, 휘파람발레, 사랑의 두통, 벽의 세레나데 그리고 피날레에 이르는 아름다운 노래 말들이 귀에 쏙쏙 들어와 2시간이 넘는 시간 내내 실컷 웃으며 깜박 세상을 잊었다. 무장해제로 모든 시름을 잊으며 꿈꾼 값으로 지불되는 박수 소리는 생각보다 꼬리가 길었다.

곡 : 헨리 크리거 / 극본 · 작사 : 톰 이언

안무 · 연출 : 마이클 베넷

캐스팅 : 김승우, 오만석, 홍지민, 차지연, 정선아, 최민철, 김소향, 박은미

두려운 마음 꼭 떼어 내야 할까요

뮤지컬 〈드림걸즈〉
Dream Girls

||||||||||||||||||||||||||||||||||||||||||||||||||||||||||||||||||||||||||||||||||||||||||||||||||||||||||||||||||||||||||||

　뮤지컬 〈드림걸즈〉는 백인들의 억압에 맞서 주류 음악으로 발돋움하는 세 명의 흑인 소녀가 꿈꾸는 성장통. 1981년 브로드웨이에서 초연, 2009년 국내 초연된 이 작품은 '브로드웨이 역사상 가장 화려한 쇼'로 평가받았다. 1960년대 미국의 전설적인 흑인 R&B 여성 그룹 슈프림스를 모티브로, 화려하지만 냉혹한 쇼비즈니스 세계와 절정의 엔터테이너로 진화해 나가는 소녀들의 이야기다. 특히 이듬해인 1982년 토니상 6개 부문(최우수작품상, 여우주연상, 남우주연상, 남우조연상, 안무상, 조명상)을 수상하면서 화제를 모았다.

　두려움 없는 사랑과, 폭풍 같은 젊음을 발작하듯 춤으로 터뜨리고, 탕진하듯 노래로 풀어내다 춤의 파도가 끝날 때쯤 사랑이, 인생이 진정한 제 모습을 찬미하기 시작한다.

ACT 1

설렁했던 무대가 LED 조명으로 화려하게 변신하자 본전 생각은 빠르게 사라졌다. 가수가 꿈인 세 소녀 에피(홍지민), 디나(정선아), 로렐(김소향)이 등장한다. 오디션에서 그녀들은 The Dreamettes라는 이름으로 리드보컬인 에피의 남동생 씨씨(하지승)가 작곡한 Move로 탤런트 쇼에 출연하여 중고차 중개업자인 커티스(김승우)를 만난다. 커티스는 영화에서 제이미 폭스가 맡았던 역으로 야망을 위해 수단과 방법을 가리지 않는 냉정한 프로듀서인 남자주인공이다. 커티스는 지미의 매니저 마티(이종문)와 함께 Dreamettes를 당대 최고의 R&B 스타인 지미의 백업 코러스 싱어로 설수 있게 한다. 씨씨가 만든 곡은 곧 사람들의 주목을 끌지만 백인 팝 가수가 이 곡을 훔쳐 발표하고 싱글을 냄으로써 그녀들의 데뷔는 미뤄진다. 이에 분개한 커티스는 미국 전역의 라디오 DJ를 매수하여 'Steppin to the Bad Side'를 발표하여 공전의 히트를 기록한다. 자동차 팔다 이제 막 연예계로 뛰어든 풋내기 기획자 커티스는 백인 사회에 Dreamettes를 맞춰 넣어 성공하겠다는 계획 아래 더 예쁘고 인형 같은 이미지로 그

룹을 꾸미기 위해 디나를 리드보컬로 세우려 한다. 아름다운 디나에게 커티스는 미궁처럼 빠지고 에피가 자기 아이를 임신한 줄도 모르는 커티스는 에피에게 섭섭지 않게 돈을 줄 테니 떠나라고 냉정하게 말한다. 리드보컬이었던 에피를 뒤로 빼고 예쁜 디나를 리드보컬로 하자고 설득할 때 홍지민의 볼에서 영롱하게 반짝이는 물방울! 흡! 눈물 맞아? 놀랐다. 펄 반짝인가 했는데 정말 눈물이었다. 캐릭터에 대한 치밀한 순간순간의 감정이입이 대단했으며, 에피의 이미지를 연출하기 위해 체중을 불린 점도 큰 감동으로 다가왔다.

절망한 에피를 뒤로하고 그룹은 '디나 존스 & 더 드림스'라는 이름으로 큰 성공을 거둔다. 이때부턴 Dreamettes에서 Dreams로 성장한 팀은 매 장면 속에서 비싼 의상과 가발을 갈아입는다. 한눈에 보아도 흔히 볼 수 있는 원단이 아니다. 어깨에서 금방이라도 흘러내릴 것처럼 온몸에 흐르듯 감겼다가 공작의 날개처럼 펼쳐지는 영롱한 색상의 의상들이 천상계를 엿보는 재미를 준다. 공연 도중 무대 위의 조명이 주인공의 얼굴만 비치고 있는 눈 깜짝할 그 사이에, 그 자리에서 옷을 바꿔 입거나 탈의를 한다. 청극에서 순간순간 가면이 계속 바뀌는 것과 같은 신기하면서도 신선한 충격이 매우 흥미로웠다. 눈속임으로 순식간에 옷과 가방이 바뀌는 장면 장면은 압권 그 자체였다. 어디에 눈을 두건 즐겁기 짝이 없다.

충분히 백인답지도 않고, 충분히 흑인답지도 않고, 충분히 남자답지도, 충분히 여자답지 않아도 우리는 매순간 끝없이 무언가에 매달려 살아내고 있는 거야~.

ACT 2
관능, 유머, 허무가 가득한 낙원으로 부각된 쇼비지니스 세계에서도 이

별과 배신은 주 메뉴로 등장하고 그곳의 배우들도 변함없이 나이를 먹어
간다.

한편, 아직도 잘 나가던 옛 영광을 잊지 못하고 누구의 식민지도 되지
못한 에피에게 마티는 계속 노래를 하고 싶다면 달라져야 한다고 충고
한다. 이윽고 에피는 'One Night Only'라는 노래를 발표하고 좋은 반
응을 얻지만 커티스는 예전 자신들이 당했던 수법 그대로 그 노래를 훔
쳐 디나에게 부르게 한다. 커티스에겐 사기(詐欺)도 예술의 한 장르다.

화면이 바뀌며 에피는 변호사와 함께 커티스를 찾아와 경고한다. 커티
스가 어떤 사람인지 깨달은 디나는 이별을 고하고, 에피를 찾아가 다시
노래 부르자며 설득 후 엉켰던 감정선을 풀고 화해한다. 에피! 날 용서해
줘~ 그럴 수 있지~ 디나! 나도 용서를 빌게~ 난 그땐 그가 세상의 전부처
럼 보였어~ 내가 너무~ 어렸어 미안해. 유명한 노래 'Listen'은 커티스에
대한 디나의 애증이 아닌 디나와 에피의 고백과 화해의 장면으로 연결된
다. 소문처럼 볼거리가 많은 푸짐한 밥상이다. 무엇보다 먼저 에피 역을
맡았던 홍지민을 언급하지 않을 수 없다. 홍지민이 등장할 때면 객석에서
저절로 환호성이 터져나오곤 했는데 그녀가 미칠 때 뮤지컬은 절정이다.
그녀가 일곱 살짜리 딸을~ 혼자 낳고~ 살았어~ 라고 흐느끼듯 노래할
때의 그녀 가슴은 영혼의 눈물방울로 가득찬 것 같았다. 〈렌트〉에서 목
소리가 너무 멋졌던 최민철은 〈드림걸즈〉에서도 쇼비즈니스의 이면을 파
헤치는, 다소 냉소적인 스토리를 노래면 노래, 춤이면 춤으로 커튼콜 때

까지 관객들로부터 주연 이상의 큰 박수갈채와 환호를 받았다. 그의 퍼포먼스적인 웃음과 활기찬 느끼함과는 달리 그러나 목소리로 승부를 거는 김승우는 조금 더 복잡한 기분이 든다. 노래를 부를 때마다 매번 첫음을 잡는 것에 어려움을 겪을 뿐만 아니라 첫 음절의 톤과 끝의 톤을 똑같이 처리하여 관객들을 불편하게 했으며 몸의 율동이 너무 굳어 있어 늘 똑같은 연기력에 지루함을 느껴야 했다.

돈값 했다 하는 작품에, 기립박수를 아낌없이 보내는 브로드웨이의 관객들과 달리 한국의 관객들은 웬만큼 만족스럽지 않고서는 도무지 무거운 엉덩이를 들고 일어날 생각을 하지 않는 특징이 있다. 그런데 홍지민의 폭발적인 가창력에는 아낌없이 기립박수가 쏟아졌으니…….

사실 외국인이 우리의 판소리를 구성지게 부르기 힘든 것만큼이나 동양인이 흑인음악을 잘 소화하는 건 어려운 일이다. 그런데도 눈앞에서 마치 흑인처럼 특유의 묵직한 소울(Soul)과 깨달음의 그루브(Groove), 파워풀

한 가창력으로 열연한 홍지민과 최민철 때문에 이 작품은 볼만한 가치가
있었다. "예술은 실재와 비실재 사이의 좁은 틈에 존재하는 그 무엇이다.
그것은 실재하지 않으나, 실재하지 않는 것이 아니다."라고 말한 지카마
쯔 몬자에몬이 생각나는 밤이다.

캐스팅 : 옥주현, 조정은, 신성록, 최동욱, 전동석, 김수용, 최민철
대본 : 미하엘 쿤체
작곡 : 실버스터 르베이
작사 : 미하엘 쿤체

황후의 영혼보다 여자의 영혼이 위로가 될 때

뮤지컬 〈엘리자벳〉
Karolin Elizabeth

||||||||||||||||||||||||||||||||||||||||||||||||||||||||||||||||||||||||||||||||||||||

여름방학! 오스트리아 빈 쇤부른 궁전의 시씨 박물관(Sissi Museum)은 관광객으로 가득하다. 엘리자벳 얼굴이 그려진 엽서, 초콜릿, 오르골, 우산, 머그잔, CD, 키홀더, 달력, 냉장고 자석, 보석함, 쇼핑백 등 갖가지 물건들로 넘쳐난다. 엘리자벳(1837~1898)! 이 미녀는 과연 누구일까? 그녀는 오스트리아 황실에서 가장 아름다운 황후로 처녀 시절 애칭이 '시씨(Sisi)'다. 합스부르크제국(오스트리아, 헝가리, 체코, 슬로베니아, 크로아티아)을 통치한 황제 프란츠 요제프 1세(1830~1916)의 정부인이다. 19C 최고의 미녀는 빈 호프부르크 궁전에 있는 시씨 박물관 미하엘 문을 들어서면 오른쪽에 있다. 사후 100년도 훨씬 지났는데도 불구하고 그녀의 향기는 여전했고 그녀가 부르는 감미로운 노래 또한 다정하다.

뮤지컬 〈엘리자벳〉은 빈 극장협회 제작의 독일어권 작품. 오스트리아의 황후 엘리자벳 폰 비텔스바흐의 삶은 하리 쿠퍼의 연출로, 1992년 테아터 안 데르 빈 극장에서 초연.

난 싫어 이런 삶/새장 속의 새처럼

난 싫어 이런 삶/인형 같은 내 모습/난 당신의 소유물이 아니야

내 주인은 나야/난 원해 아찔한 외줄 위를 걷기를

눈부신 들판을 말 타고 달리기를

난 상관없어 위험해도/그건 내 몫이야

그래 알아/당신들 세상에선/난 어울리지 않겠지

하지만 이런 날 가둬 두지마/내 주인은 바로 나야

저 하늘 저 별을 향해서 가고 싶어

한 마리 새처럼 자유롭게 날아갈래

난 나를 지켜 나갈 거야/난 자유를 원해

난 싫어 그 어떤 강요도 의무들도

날 이젠 그냥 둬/낯선 시선들 속에/숨이 막혀 버릴 것 같아

난 자유를 원해/당신들의 끝없는 강요 속에/내 몸이 묶인다 해도

내 영혼 속 날갠 꺾이지 않아/내 삶은 내가 선택해

새장 속 새처럼 살아갈 수는 없어

난 이제 내 삶을 원하는 대로 살래/내 인생은 나의 것

내 주인은 나의 것/나의 주인은 나야/난 자유를 원해 ~자유!

-OST 「나는 나만의 것」

쇤브룬 궁전 내 시씨 공간

　이 작품에서 즐길 거리 중 하나는 황후 엘리자벳을 암살한 혐의로 100
년 동안 목이 매달린 채 재판을 받고 있는 루케니다. 그는 판사에게 그녀
는 스스로 죽기를 원했으며, 일생 동안 '죽음'을 사랑했다고 항변한다.
루케니는 증인을 세우기 위해 그 시대의 죽은 자들을 다시 깨우며 과거의
이야기 속으로 사람들을 불러들인다.

　19세기 중반. 말괄량이 소녀 엘리자벳은 매일같이 집에서 공주 수업을
받느라 지쳐 있다. 짜증나게 구속되는 일상 대신에 아버지를 따라 여행
을 다니면서 좋아하는 시를 짓고 싶어한다. 하지만 아버지는 여행을 좋
아하는 시씨를 좀처럼 데려가지 않는다. 그러던 어느 날 시씨는 평소처
럼 높은 나무를 타고 놀다가 땅에 떨어진다. 기적적으로 살아나면서 신
비롭고 초월적인 존재인 '죽음'과 처음 마주하게 된다. '죽음'은 그녀를
살려 두지만, 마치 그림자인 것처럼 그녀의 주위를 맴돈다.

Karolin Elizabeth

독일 남부 바이에른의 영주 막시밀리안 요제프 공작의 딸인 16세 시씨는 친언니 헬레나와 결혼을 하기 위해 무도회에 참석한 사촌오빠 프란츠 요제프 1세 황제와 만난다. 첫눈에 사랑에 빠진 황제는 정혼한 헬레나를 내동댕이친다. 조신한 헬레나를 며느리로 삼고 싶었던 황제의 어머니이자 시씨의 이모인 소피의 반대를 이겨 내고, 1854년 바트 이슐에 있는 '오르트 성'에서 성대한 결혼식을 올린다. 호수 한가운데 백조처럼 떠 있는 오르트 성. 오스트리아의 젊은 연인이면 누구나 결혼식을 올리고 싶어하는 곳이다. 랄랄라~ 랄랄라~ 4분의 3박자 경쾌한 왈츠에 맞춰 춤추는 화려한 드레스의 왕가 여인들. 비엔나 사교계를 주름잡던 비엔나 왈츠는 늘 가볍고 즐겁다.

　　그러나 자유분방한 성격의 시씨는 시어머니의 빈틈없는 통제와 황실의 엄격한 규율에 짓눌려 고통스러워한다. 그가 기댈 곳은 황제뿐, 숨 쉴

결혼식 장면

오르트 성

수 있던 것은 오직 그의 사랑뿐이었다. 하지만 시씨는 1855년 어린 딸 소
피를 의문의 병으로 잃는다. 이어 그녀만을 사랑하겠다던 황제는 여배
우 카타리나 슈랏과 외도를 범한다. 시씨는 극심한 스트레스를 아름다
운 외모를 유지하는데 집착했다. 살인적인 다이어트로 허리 사이즈는 20
인치, 상징적인 긴 머리 스타일에 두세 시간을 소비했고, 승마를 즐겼으
며, 힘든 시기에 목욕을 위해 다량의 우유를 소비했다. 덕분에 키 172cm
에 몸무게가 50kg이 넘지 않도록 철저히 관리되었다. 당시 제국의 외무장
관이자 헝가리 총리인 언드라시 줄러 백작과의 염문설도 퍼졌지만, 확인
되지 않았다. 쇤부른 궁전 오디오 가이드에서 "시씨의 염문설이 있지만,

프란츠 사버 빈터 할터 〈엘리자벳 황후〉 1865, 빈 국립박물관

여기서는 언급할 수 없다."고 말할 정도로 오스트리아인들은 자신들의 사랑을 받는 시씨의 부정적인 면이 부각되는 것을 극히 경계한다.

하지만 엄격한 황실의 생활과 엘리자벳의 자유로운 사고방식은 계속 갈등을 일으키고, 그럴수록 시어머니는 엘리자벳을 더욱 옭아매려 한다. 그런 그녀를 지켜보던 '죽음'은 자신이 진정한 자유를 줄 수 있다며 끊임없이 엘리자벳을 유혹한다. 설상가상 '죽음'은 엘리자벳의 아들 루돌프에게도 모습을 드러내 아버지 요제프와 맞서도록 만든다. 그 즈음 루돌프는 아버지의 뜻과는 다르게 헝가리제국의 독립을 꾀하고 있었다. 자신의 뜻을 펴지 못하고 궁지에 처하자 황태자 루돌프는 30세의 나이에 17세인 마리 베체라 남작 부인과의 이뤄질 수 없는 사랑에 더욱 고통스러

위한다. 정치와 사상적인 문제로 아버지와 계속해서 대립하던 루돌프는 어머니에게도 위로와 도움을 받지 못하자 결국 1889년 '죽음을 넘어 사랑 안에서 하나되리' 라는 문구가 새겨진 반지를 나누어 끼고 마이얼링 별궁에서 동반 자살을 한다.

시씨 암살을 그린 그림

시씨는 이 충격으로 인해 자신이 살아 있는지 죽었는지 구분이 가지 않는다. 우울증을 사용하던 시씨는 모든 공식적인 업무에서 손을 떼고 황제 곁을 떠나 헝가리에서 머물며 유럽 각지를 여행한다. 시씨는 죽는 날까지 아들에 대한 죄책감으로 검은 상복을 벗지 않았다. 자신이 보듬어주지 못한 아들에 대한 미안함과 안타까움의 상징이었다. 아들의 자살로 인해 어디에도 안주하지 못하고 그녀는 점점 더 왕실과 요제프에게서 멀어져 눈발이 되어 갔다.

시를 쓰는 꿈을 꾸던 태생적 인격과, 왕후로서의 외면 인격이 집요하게

갈등하는 이중성은 서커스단의 줄타기로 암시된다. 황실에 적응하지 못한 엘리자벳은 핑계가 늘 마련되어 있던 사람처럼 정신병원을 방문한다.

'그녀가 죽은 건 죽음을 사랑해서다'란 가설을 앞세운 이 작품에서 죽음(TOD)은 매우 독특한 콘셉트다. 보이지 않는 개념을 의인화시켜 등장인물로 출연했으니 말이다. 살인자 루케니가 죽음인 엘리자벳의 페르소나가 되어 극을 이끌어 간다. 억울한 모순으로 가득 차 있는 그녀의 약점들을 비웃고 조롱하며 자신의 죄를 그녀에게 덮어쓰우며 권력자들을 향한 날카로운 풍자를 날린다. 암살자 루케니는 지옥에서 "왜 엘리자벳을 죽였는가?"란 질문에 "죽음을 사랑해서다."란 엉뚱한 답변을 한다. 화려한 삶 뒤에 가려진 한 인간의 고독과 아픔을 옥주현은 엘리자벳에게 빙의한 듯한 노래와 연기로 공감을 이끌어 낸다. 1898년 9월 10일 스위스 제네바의 레만 호에서 배에 오르던 엘리자벳은 61세로 무정부주의자인 이탈리아인 루이기 루체니에게 죽임을 당하고 만다.

엘리자벳은 시신으로 오스트리아로 돌아와 카푸치너 성당 지하의 황제 납골당(카이저 그루프트)에 안장됐다. 한때 '실수'를 범하기는 했지만, 평생 마음속으로는 엘리자벳만을 사랑해 그녀가 죽은 뒤 "내가 얼마나 사랑했는지, 내게 얼마나 중요한 사람인지 그녀는 모를 것이야."라고 입버릇처럼 말한 그도 1916년 사망 후 그녀의 곁에 묻혔다. 이제 그녀는 합스부르크제국을 68년간 통치한 남편과 아들과 함께 누워 있다. 얼짱에 몸짱에 시씨 머리 스타일에 드라마틱한 생애까지 곁들여지면서 엘리자벳은 오스트리아를 대표하는 '관광상품'이 된 것이다.

1952년 2부작으로 출판한 동명 소설은 1955년 영화 〈Sissi〉로 복원되었으며 1974년에는 TV 드라마로, 1992년에는 드디어 한 실존 인물을 주인공으로 삼은 뮤지컬 〈엘리자벳〉으로 등장하였다. 고 엘리자벳은 새장 속에 갇힌 새처럼 쉬지 않고 자신의 아름다움을 노래하며 유일하게 시인 하이네와 소통했다 한다. 하지만 자신이 가장 갈망했던 눈으로 원하고 귀로 당기는 한 가지, 대 자유의 안식은 죽음으로서 얻을 수 있었다. 안타깝게도.

문화콘텐츠로 부활한 민트색 시씨 박물관을 나와 '미하엘 문'을 통과해 명품숍이 즐비한 그라벤 거리를 지난다. 시씨거리나 빈 공항 면세점에는 하루에도 수백 명이 들락거리며 '모차르트 초콜릿'과 자유를 찾아 날아오른 황후 '시씨 초콜릿'을 사기에 바쁘다.

제작 : 첼리스트 루이스 브라보
캐스팅 : 14인의 댄서, 11명의 오케스트라

탱고가 말하는 방법은 독특하다

뮤지컬 〈포에버 탱고〉
Forever Tango

1997년 브로드웨이에서 초연한 댄스 뮤지컬 〈포에버 탱고〉! 탱고가 말하는 방법은 독특하다. 나는 지금껏 탱고처럼 남의 눈치 보지 않고 자기의 삶을 생(生)으로 드러내는 춤을 본 적이 없다. 전혀 위선을 떨 줄 모르는 탱고 앞에 서면 나의 위선도 가볍게 흘러내린다. 파트너간의 밀착과 터치가 쉼없이 이어지는 이 뇌세적인 춤에 빠지면 배고픔도 모른다. 흥분상태에 흠뻑 빠진 나머지 몸을 인지하는 센서에 고장 등이 켜지는 것이다. 고동치는 심장 소리를 듣고 있다 보면 베타 엔도르핀은 무한정으로 분비되고 처음 본 사람에게 알 수 없게 끌리는 것처럼 탱고는 낯선 이들을 끌어당기는 마력을 갖게 한다.

1999년 첫 내한공연 때부터 전석 매진. 커플들의 화려한 댄스와 라틴 감성이 물씬 풍기는 탱고음악의 라이브 선율이 어우러져 독특한 매력을 선사했다. 제작자 아르헨티나의 첼리스트 루이스 브라보는 "인생사에 대한 모든 감정과 느낌이 꼭 잡은 손목의 비틀림, 발바닥의 재빠른 탭 등 다양한 몸짓으로 표현돼 또 다른 세상을 볼 수 있다."고 욕망의 외침인 〈포에버 탱고〉를 소개한다.

유혹적인 노출과 실루엣으로 솔직하고 절제된 에로티시즘의 정형을 보여 주는 탱고! 세상에 탱고처럼 남녀가 바짝 붙어 추는 춤은 없다. 열기에 얽힐 듯 얽히지 않고, 닿을 듯 닿지 않으며, 서로의 다리를 감는 춤, 어느새 한몸이다. 숨이 멎을 듯이 애무하듯이 서로 계속해서 부딪치고 또 부딪친다. 엇갈린 다리, 꼬옥 맞잡은 손, 대칭을 이루는 어깨선과 어깨선, 밀착된 가슴과 가슴, 키스할 듯 가까이 다가선 숨막히는 호흡, 절제된 표정까지, 리얼한 섹슈얼리티 탱고에는 사랑이 잊지 못할 관능이 있다. 라틴아메리카 사람들은 이렇게 탱고로 표현되는 사랑뿐만 아니라 사회에 대한 비판과 풍자까지 공범적 운명이라 생각한다. 춤추지 않고는 견딜 수 없다는 듯

세상사 온갖 감정들의 템포가 빨라지면 맨살 비비는 스텝은 서커스에 가까운 묘기대행진이 된다. 그러다가는 갑자기 끊어지는 호흡, 그 깊은 침묵 또한 예술이다.

인관관계를 설명해 주는 Tango!는 본래 '잡다', '다가가다' 라는 뜻을 나타내는 흑인의 언어 탕(tang)과 '만지다', '접근하다', '두드리다' 라는 의미를 가진 라틴어 동사의 원형 탕게레(tangere)와의 사이에는 언어상의 접점이 있다. 물론 이것들은 모두 스페인어의 '녜르(taner)', 즉 연주하는 뜻의 라틴어 탕게레에서 비롯되었다. 그래서 이 춤은 파트너 간의 밀착, 혹은 웅얼웅얼 좀체로 끊어지지 않는 터치에 그 중점을 둔다.

서로를 갈구하는 스무 개의 장면, 눈빛과 맞잡은 두 손의 비틀림, 재빠른 발놀림, 서로 엇갈린 다리, 닿을락 말락한 남녀의 입술과 가슴…… 땀에 젖은 욕망과 외로움이 묻어나는 무용수들의 몸짓은 서른 번 놓치고 서른 번 포기했던 시선을 맹렬히 질주하게 한다. 판~타~스~틱~~!!

부에노스아이레스의 밤, 탱고의 나라 수도답게 관능적이다. 무대는 19세기 중엽 보카 지역. 서곡 Forever Tango Orchestra에 맞춰 주인공들은 하나같이 상실로부터 비롯된 결핍을 메우기 위해 춤을 춘다. 스토리는 춤에 가려 보이지 않는다. 섹시한 드레스와 화려한 악세사리. 춤의 장신구들이 이토록 다양하고 화려할 줄이야. 머리에서부터 발끝까지 상상을 초월한다.

Derecho Vie

이 신(scene)은 부에노스아이레스의 가장 유명한 탱고클럽인 핸슨 하우스(Hanson house)에서 벌어진다. 모든 계층의 사람들이 밤이 되면 이곳으로 모여든다. 남자는 냄새를 추억하는 턱시도, 여자는 향기에 취하는 드레

스를 입고 당시 '금기' 시되었던 탱고를 추기 위해.

 탱고는 삶을 개척한 애환을 풀기 위해 모여서 춤을 추던 하급문화였
다. 무대는 붉은색과 검은색 그리고 실버의 대조인데도 매우 자극적이다.
절도 있게 끊어지는 리듬에 경쾌한 스텝. 탱고는 비틀리고 왜소화된 사람
을 자유롭게 풀어 놓는다. "춤으로 구속당하지 않는 자유정신을 추구
하고, 낡은 관습과 형식으로부터 해방시켜라. 춤, 이것은 혁명이다."라고
말한 이사도라 던컨의 말이 가슴 깊이 다가오는 밤.

reludio del Badoneon
 탱고는 인체 라인의 상형미학이다. 상체보다 하체를 보는 것이 중요하
므로 '반도네온(bandoneon)'의 우울한 멜랑꼴리 음색일지라도 앞에 앉는
것이 좋다. 이 신은 반도네온이 수축이완되면서 깊은 애수를 자아내는 탱
고의 은유적 멜로디가 춤으로 표현되기 때문이다. 서로를 빨아들일 것

손풍금 〈반도네온〉

같이 격정적으로 서로의 몸을 부딪치고 비비며 스치듯 스텝으로 미끄러져 나가는 댄서들. 이 신의 탱고는 갈망과 추구의 다른 모습으로 구현된다.

'춤'은 낭만의 대명사였다. 견딜 수 없는 중년의 공허감을 춤으로 바꾼 〈쉘 위 댄스〉 속의 샐러리맨 스기야마, 〈킹 앤 아이〉의 저 유명한 율브리너와 데보라카의 잊을 수 없는 열정적인 춤, 〈위대한 유산〉에서 춤을 추며 사랑에 빠지는 에스텔라와 핀, 〈잉글리쉬 페이션트〉 화면에서 격정적인 춤을 춰 주위의 시선을 한몸에 받던 크리스틴 스콧 토머스와 랄프 파인즈, 〈대통령의 연인〉에서는 사랑의 전주곡으로 춤을 추던 마이클 더글러스와 아네트 베닝, 〈사운드 오브 뮤직〉의 마리아와 트랩 대령의 달빛 아래의 춤, 〈러브 앤 워〉의 간호사와 병사의 춤 등을 보았지만 남녀상렬지사에 속하는 춤을 이토록 도발적으로 묘사한 작품은 없었다.

Comme Ⅲ Faut

이 신은 부에노스아이레스에서 탱고가 대중화되고, 파리의 댄스 살롱에서 열정적인 유행으로 번져 갈 때의 모습을 화려한 춤사위와 눈부신 의상들로 채워 준다. 20세기 초 탱고가 유럽을 강타했을 때, 유럽 전역은 물론 미국 상류사회로 진출한 탱고 음악은 영화와 미술, 사진 등에 의해 다시 유행을 선도했다. 1930년대 아르헨티나 군사 쿠데타는 시민들의 자유와 권리를 박탈하며 탱고도 퇴폐문화로 지정했다. 그 후 20여 년이 지나면서 후안페로와 에비타에 의해 아르헨티나를 대표하는 문화로 다시 한 번 자리잡는다.

유럽으로 건너갔다가 이름을 얻은 콘티넨탈 탱고가 고개나 상체를 많이 움직인다면, 아르헨티나 탱고는 정교한 스텝의 발놀림으로 감탄과 흥분을 자아낸다. 콘티넨탈 탱고는 경쾌한 아코디언을 사용하는 것에 반해 아르헨티나 탱고는 애절한 음색을 만들어 내는 '반도네온'이란 악기의 영혼을 사용하면서 그들에게도 눈부신 나날들이 있었다는 것을 보여주려는 듯 몰입도를 높였다.

Act 2

탱고의 모체가 되는 것은 19세기 초 쿠바에서 유행하던 '하바네라(Habanera)'이다. 4분의 2박자의 우아한 춤곡이 부에노스아이레스로 건너갔고, 강한 템포감과 아르헨티나 민요인 '밀롱가(Milonga)'와 만난다. 여기에 독특한 싱커페이션(당김음)을 지닌 아프리카 흑인 노예들의 음악 '칸돔블레(Candomble)'가 큰 영향을 주면서 탱고가 태어난 것이다. 이처럼 탱고는 라틴아메리카와 아프리카의 리듬, 그리고 유럽의 무곡이 혼용된 복합적인 음악인 것이다.

이런 탱고를 예술적 경지로 끌어올린 작곡가는 '아스토르 피아졸라'이며, 지금도 매일 무덤에 새 꽃다발이 놓이는 세기의 탱고가수는 '카를로스 가르텔'이다. 아르헨티나 국민들이 영원히 잊지 못하는 그는, 매년 12월 11일(카스트로 가르텔 생일)을 '탱고의 날'로 지정하게 한 인물이기도 하다.

La Tablada

이 신은 아르헨티나 중산층의 특유의 개성과 허풍, 풍자와 코믹, 기세 등등을 보여 준다. 여기서 표현되는 탱고는 부에노스아이레스의 거리의 풍경들, 남자 댄서들의 사나이스런 허풍과 시가를 문 거들먹거림, 여자 댄서들의 교태 섞인 아양과 유혹을 보여 주는 해프닝으로 끝난다. 첫 번째 신처럼 이 신의 탱고는 이별에 대한 하나의 약속으로 강조된다.

A Evaristo Carriego

'욕망과 외로움을 표현하는데 이보다 더 우아하고 솔직한 작품은 없었다.'는 뉴스위크지의 칭찬을 받은 이 신은 영원의 환상인 젊은 여인에게 사로잡힌 노신사의 상실감을 보여 준다. 한때 그 여인에게 발로 차였던 노신사는 그 여인을 다시 만나게 되자 마지막 열정을 다 바쳐 그 여인을 유혹한다. 그 노신사를 잊지 못하고 있던 여인 역시 노신사에게 자기의 전부를 던진다. 노신사의 의지에 굴복한 것이다. 그러나 다시 한 번 사랑을 얻은 노신사는 이상스럽게 충만감 대신 상실감에 허덕인다. 그리곤 그녀로부터 서서히 멀어져 가는 것처럼, 마지막 부분이 냉혹한 느낌으로 마감되는 춤사위다. 그는 또다시 혼자다.

젊고 아름답고 튕겨 오를 것 같은 탄력을 지닌 젊은 무동들보다 그날
나는 내내 남자무용수 카를로스 가비토(60세)의 은빛 머리칼에 취해 혼몽
하였다. 저렇게, 저런 분위기라면, 늙음도 너무 멋지다는 생각을 했다. 이

거리의 춤꾼들(공연과 관계 없음)

뮤지컬의 하이라이트이며 무르익은 농염 그 자체인 노신사, 곁에 있다면 정말 사랑하고 싶었다. 돌아보면 누군들 쓸쓸하지 않을까마는, 나이가 들어 슬픈 건 앞만 보고 가다 문득 멈춰 서서 뒤돌아본 자신의 머리칼 때문이 아닐까? 힘없는 머리칼이 바람에 날리는 50대에 접어들 때 사람들은 말한다. 웃음도 꺼지고, 열정도 바래고, 인연도 자르자 재미는 덤으로 줄어든다고. 그런 중년의 공허감에 몸이 식어 가는 가을. 이 가을에 본 탱고는 놀랍도록 생생해지는 관능의 담론이었다.

Libertango

이 곡은 제목 그대로 탱고의 내면을 보여 준다. 힘과 정복의 상징인 남자 댄서는 드라큘라처럼 여성 댄서를 정복한다. 사랑을 마무리하는 단계에서 마치 탱고의 꿈과 삶을 요약하는 듯하다. '하나의 가슴, 네 개의 발'이 되는 순간 '탱고는 우리가 춤출 수 있는 가장 슬픈 음악이다.'라고 규정짓는다. 격정적인 7쌍의 남녀 탱고 댄서들과 가수, 피아노, 콘트

라베이스, 4명의 현악 세션과 반도네온 연주자 등 11명의 오케스트라가 아스트로 피아졸라의 명곡 'Adios Nonino', 'Liberatango'를 비롯해 'La Cumparsita'와 'Gallo Ciego' 등을 라이브로 연주하며 탱고의 정수를 보여 준다. 그리고는 피날레.

본능만 남고 모두 버린 이 '네 다리 사이의 예술'로 불리는 탱고는 물건을 소유하는 것보다 문화를 경험하는 것에 삶의 가치를 두라고 사적으로 은밀히 말한다.

캐스팅 : 손호영, 송용진, 김보강, 윤공주, 박은미

엘비스 프레슬리 전시관 부분

운명적인 사랑을 만날 확률은 몇 퍼센트나 될까요?

뮤지컬 〈올슉업〉
All shook up

||||||||||||||||||||||||||||||||||||||||||||||||||||||||||||||||||||||||||||||||||||||||||||||||||

내가 어떻게 된 걸까? 손은 덜덜 떨리고 무릎엔 힘이 없어~

두 발로 온전히 서 있기 힘들어~ 이런 행운이 왔을 때에

대체 누구에게 감사해야 하지? 나는 사랑에 빠져써어~~~!

I am all shook up~! I am all shook up~!

−엘비스 프레슬리 「All shook up」 중에서

운명적인 사랑을 만날 확률은 몇 퍼센트나 될까요? 80억분의 1쯤, 아마도. 내가 오페라보다 뮤지컬을 선호하는 것은, 이렇게 멀리 찾아다니는 것은, 왁자지껄 즐거운 난장 속 사랑이 있기 때문이다. '사랑에 빠져 미치도록 기분 좋은 상태'를 의미하는 〈올슉업〉은 로큰롤의 제왕 엘비스 프레슬리(1935~1977)의 히트곡이다. 청춘과 열정과 사랑의 아이콘인 뮤지컬 〈올슉업〉은 지난 2005년 2월 브로드웨이 팰리스 시어터에서 초연된 이후

〈맘마미아〉와 함께 올드팝의 향수를 자극하는 또 한 편의 걸작으로 자리잡았다.

Act One

한 무리의 젊은이들이 숨가쁘게 무대를 휘저으며 '올숙업'을 외친다. 스팡클이 번쩍거리는 청바지에 개다리춤. 1970년대 남진의 통 넓은 청바지가 아득하게 잠든 추억을 흔들어 깨운다. 생각난다. David Swan의 연출력은 거짓말처럼 힘이 세다.

공공장소에서 음악, 춤, 애정 표현, 괴상한 패션 등을 금하는 '정숙법'이 존재하는 미국의 작고 조용한 마을. 나타리는 아버지의 주유소에서 일하며 운명의 남자를 기다린다. 평범하고 지루한 시골 마을을 떠나는 꿈에 하루를 산다. 그러던 어느 날 미풍양속을 해친 죄명으로 교도소에

수감되었다가 석방된 주인공 채드가 나타난다. 슈퍼스타를 꿈꾸는 채드가 영혼에 노래를 담고 가슴엔 자유를 담은 채 오토바이를 타고 부르릉~ 부르릉~ 등장한다. 청바지에 가죽잠바, 심장을 찌르는 푸른색 구두를 신은 그는 오토바이 고장으로 인해 낯선 마을에 머무르면서 좌충우돌 조용했던 마을은 요동치기 시작한다. 떠돌이 기타리스트 채드는 새로운 음악을 아무데서나 선보이며 튀는 행동으로 온 마을을 들끓게 한다. 그에게 반한 나타리는 남장을 하고 그에게 다가간다. '정숙법' 자체도 웃음거리지만, 사랑과 음악에 서서히 빠져드는 마을 사람들이 더욱 엉뚱하다. 이때 관객은 쉴 새 없이 폭소를 터트리면 된다.

하지만 남장한 나타리와 친해진 채드는 박물관 큐레이터인 산드라에게 한눈에 뿅 간다. 매력적인 미인 산드라에게 쉴 새 없이 "딱 하루만 그대와 함께 지내고 싶어요~" 노래를 반복한다. 무릎 꿇고 기타를 팅기며 하트를 뿡뿡 수시로 바친다. 하지만 콧대 높은 산드라는 무식한 바람둥이 같은 채드에겐 관심이 없다. 아니 너무 싫어한다. 한편 나탈리의 오랜 친구이자 그녀를 사랑하는 데니스는 나타리가 채드를 사랑하는 것 같아 잠을 이루지 못한다.

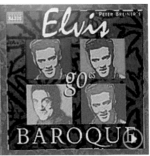

이때나 저때나 나타리는 채드를 향해 정염을 불태우고 있는데 이 남장 여자가 나타리인 줄도 모르는 채드는, 어느 날 나타리 앞에서 "나타리는 말라비틀어진 검은 원숭이 같다."고 말해 버린다. 정염에 불타는 그윽한 눈동자에 제초제를 확 뿌린 것이다. 순간 모멸감을 느낀 나타리는 이야기 도중에 뛰쳐나간다. 그 빈자리를 채우는 것은 '폴링 인 러브'.

Act Two

막간을 이용하여 로비로 나왔다. 중앙에는 화려한 의상을 입은 엘비스 프레슬리가 개다리 춤을 추고 있고, 벽 한쪽에는 한때 가슴 설레게 했던 그의 오래된 음반들과 사진과 포스터들이 손짓하며 유혹한다. 어디서다 수집했는지 연도별로 쫙~ 진열되어 있다.

다시 의자에 앉았다. 무대야 한계가 있다지만 1막에서 입었던 옷차림 그대로 나타난 채드를 보는 순간 관객을 무시한 것 같아 실망이다. 아무리 떠돌이라지만 한 벌로 비비는 것은 너무 심한 것 아닌가. 기분이 언짢다.

셰익스피어의 「소네트 18번」 시를 채드에게 받아든 산드라는 그녀를 죽도록 사랑한다는 채드는 멀리한 채 오히려 전달하러 간 남장여자 나타리를 사랑하게 된다. 시 한 구절에 완전하게 사랑에 빠지는 산드라를 보시라. 한번 빠지면 대책 없는 산드라를 보시라. 그러나 시인들이여! 희망을 가지라! 못생겼어도, 분위기가 없어도, 돈이 없어도 "네가 내 음악이야!" 멋진 이런 시 한 구절만 지을 수 있다면 그대는 사랑하는 사람의 마음을 송두리째 얻을 수 있으리니. 사이사이 영혼을 흔드는 엘비스의 노래가 흘러간다. 인생도 뮤지컬처럼 리드미컬하게 흘러간다면 얼마나 좋을까.

내 그대를 여름날에 비할 수 있으리까?
그대가 훨씬 사랑스럽고 온화한 것을
거친 바람이 오월의 향긋한 꽃봉오리를 흔들고
우리에게 허락된 여름은 너무 짧구려
때론 하늘의 눈이 뜨겁도록 반짝이고
그 황금빛 안색이 흐려지는 것도 자주 있는 일
우연, 또는 자연의 무상한 이치로

All shook up

세상의 모든 아름다움은 때때로 시들지만

그러나 그대의 영원한 여름만은 시들지 않으리

그대가 지닌 아름다움도 잃지 않으리

죽음조차 그대가 자신의 그림자 속에서 헤매인다고 자랑치 못하리

불멸의 시구 속에서 그대는 시간과 하나가 되는도다

인간이 숨을 쉬고 눈이 있어 볼 수 있는 한

이 시는 살아 그대에게 생명을 주리니.

–셰익스피어 「소네트 18번」

한편 시장 마틸다의 아들(딘 하이드)이 사관학교에 입소해야 하는 날 그의 첫사랑 로레인을 위해 과감한 일탈을 감행한다. 마틸다는 분하여 아들을 찾으러 나선다. 그때 마침 그녀를 15년간이나 보필해 오던 보안관으로부터 전혀 생각해 본 적도 없는 사랑 고백과 동시에 청혼을 받는다. 정숙법 같은 것은 진작 파기했어야 옳았다는 보안관의 응변에 마을 사

람들이 모두 흥분하여 제정신이 아니다. 마을 사람들이 다 모인 그 자리에서 보안관으로부터 키스 세례를 받은 시장 마틸다는 닫혔던 가슴을 열어 그를 받아들인다. 엘비스 프레슬리가 셰익스피어를 만나자 '정숙법'을 껴입었던 그 옛 마을은 완전히 지도에서 사라졌던 것이다.

> 나의 파란 스웨드 슈즈를 결코 밟지 마세요
>
> 무엇을 해도 괜찮지만
>
> 나의 파란 스웨드 슈즈만은 가만히 버려 둬요
>
> 나를 구타하셔도 좋아요
>
> 내 얼굴을 짓밟아도 좋아요
>
> 모든 곳에서 나를 욕해도 좋아요
>
> 당신이 하고 싶은 일은 무엇이건 해도 좋지만
>
> 내 구두만은 가만히 내버려 둬요
>
> 나의 파란 스웨드 슈즈를 밟아서는 안 돼요
>
> 내 집을 태운다거나 내 차를 훔쳐도 좋아요
>
> 내 술을 다 마셔도 상관없어요
>
> 그렇지만
>
> 나의 파란 스웨드 슈즈만은 내버려 둬 줘요
>
> —엘비스 프레슬리 「블루 스웨드 슈즈」

맘마미아가 팝그룹 '아바'의 노래를 레퍼터리로 사용하여 중후함을 선보였다면 〈올슉업〉은 '원나이트 위드 유', '러브미 텐더', '블루 스웨드

슈즈' 등 엘비스의 튀는 히트곡들을 불타는 젊음과 함께 톡톡 팝콘을 튀겨 냈다. 국내에서도 많은 사랑을 받은 뮤지컬 〈I love you〉 작가 조디 피에트로가 극본을 쓰고 〈위키드〉의 스티븐 오리머스가 음악감독을 맡아 경쾌한 로큰롤 리듬에 맞춘 사랑과 열정으로 관객의 마음에 즐거움을 선사한다. 셰익스피어의 희극 〈한여름 밤의 꿈〉에서 모티브를 얻은 여러 쌍의 엇갈린 사랑 이야기는 올드팝의 향수에 탄탄한 스토리까지 젊은 관객층은 물론 중년 관객까지 다시 한 번 일어서게 했다.

어느 여름날! 한국인이 좋아하는 팝송 블로그에 들어갔다. 흑인음악을 하는 백인가수 엘비스의 공연이다. 최고급 공연장. 우아하게 성장을 하고 앉아 있던 처녀들이 엘비스가 "러브 미~" 노래를 시작하자 그 순간부터 캬악~은 시작되고 용기 있는 처녀는 무대 곁으로 용수철처럼 뛰어나와 엘비스와 키스, 키스, 키스. "텐더~" 하자 물 밀려오듯 무대 앞으로 달려 나오는 광팬 처녀들. 엘비스는 누구 하나 빠지지 않고 입술 기스를 나눈다. 다시 정신을 차려 일어서서 노래를 부르려는 찰라 키가 작은 처녀가 무대 끝에 매달려 있는 것을 본다. 엘비스는 무대 위에서 자기의 발바닥보다 더 낮게 상채를 기울여 그녀의 입술에 키스를 해 준다. 이제는 자신도 견딜 수 없었는지 마이크를 든 채 후끈 달아오른 무대에서 펄쩍 뛰어내려 객석을 돌며 튀어 나오는 입술마다 쪽쪽쪽, 노래 한 곡 부르는 사이에 아마 백번의 키스를 나눈 것 같다. 키스와 키스 사이 '사랑해', '땡큐'라는 말이 폭포수처럼 쏟아지고 엘비스의 손에는 반짝이는 금 목걸이와 팔찌, 반지들이 들려 있다. 한 번의 키스에 아낌없이 나를 던지는 엑스터시는 실화였다.

사랑이 흔하지 않은 요즘, 마음을 달달하게 해 주는 '러브 미 텐더' 노래에 절로 기분이 좋아진다. 압권이다. 사랑에 빠져 미치도록 기분 좋은 상태를 뜻하는 제목 All Shock Up처럼, 마음을 즐겁게 하는 주크박스 뮤지컬 〈올슉업〉은 로큰롤의 황제 엘비스 프레슬리의 명곡 24곡의 자장 안에 있었다.

달근하면서도 나른한 이성을 춘곤증에 걸린 감성의 극단까지 밀어붙인 뒤 시치미를 뚝 떼는 무대, 어느새 커튼콜이다.

올봄의 화룡점정(畵龍點睛)은 누가 뭐래도 〈All shook up〉이었다. 재미가 목적이든 음악이 목적이든 관객들은 마지막에 웃음으로서 완벽한 공연에 예를 갖췄다. 그러고는 시간을 내어 꾀꼬리의 금빛울음 같은 황학동

시장을 봄처럼 걸었다. 누군가가 어깨를 툭 치고 아는 체를 해 주면 좋을 것 같은 오후. 누대에 걸친 고서점에 들렀다가 눈을 내리깔고 냉정하게 앉아 있던 책 한 권과 말을 텄다. 그 친구와 담소하며 걷다가 구수한 향내를 따라 들어가 2000원짜리 칼국수도 먹었다. 봄날이 국수 가락처럼 길었다.

놓았거나 놓쳤거나

뮤지컬 〈에비타〉

Evita

제 말이 쉽게 믿어지지 않을 거예요

이상하다고 여기겠지요

이 모든 것을 이룬 후에도

난 여러분들의 사랑을 얼마나 필요로 하는지

설명을 해도 나를 믿지 않겠죠

여러분들이 지금 보고 있는 여자는

비록 화려한 옷을 입고 있긴 하지만

6, 7년 동안 여러분들과 함께했던 그 여자에요

저도 어쩔 수 없었어요. 전 바뀌어야만 했어요

찬란한 태양을 두고 평생을 창밖이나 내다보며

음지에서 구차스럽게 살고 싶지는 않았어요

그래서 자유를 선택했어요

연출 : 이지나
캐스팅 : 에바 페론(리사/정선아), 체(이지훈/엄병근), 후안 페론(박상원/박상진), 마갈디(박선우)

이리저리 쫓아다니면서 새로운 것들을 찾았지만

날 감동시키는 것은 없었어요

아르헨티나여 날 위해 울지 말아요

난 결코 여러분들을 저버리지 않았어요

지금까지 이 힘든 나날 속에서도

미칠 것 같은 삶 속에서도

난 여러분들을 사랑하겠다는 약속을 지켜왔어요

그러니 나에게서 멀리 떠나지 말아요

재산이나 명예나

전 결코 그런 것들을 얻기 위한 적은 없어요

비록 세상 사람들이 이런 것들을 열망할지 모르나

그런 것들은 환상에 불과해요

그 환상들은 해결책이 되지 못해요

진정한 해답은 항상 여기 있었어요

난 여러분들을 사랑했어요

여러분도 날 사랑해 주길 바래요

아르헨티나여 날 위해 울지 말아요

난 결코 여러분들을 저버리지 않았어요

지금까지 이 힘든 나날 속에서도

미칠 것 같은 삶 속에서도

난 여러분들을 사랑하겠다는 약속을 지켜왔어요

그러니 나에게서 멀리 떠나지 말아요

제가 말을 너무 많이 했나요?

더 이상 여러분들께 할 말이 생각나지 않네요

하지만 이제 절 지켜보면

이 모든 말들이 모두 진실이라는 것을 알게 될 거예요.

1978년 런던 프린스 에드워드 시어터에서 초연한 뮤지컬 〈에비타〉는 귀족의 사생아로 태어난 여자. 20대 창녀에서 아르헨티나의 국모가 된 여자. 33세에 척수백혈병과 자궁암으로 사망한 여자. 전국에 한 달 동안 애도 기간이 선포된 여자. 모든 상점들이 3일간 문을 닫고 부에노스아이레스를 꽃향기로 맥질한 여자. 가진 자에게는 표독했던 나쁜 여자. 가난한 이들에게는 따스한 어머니 같았던 여자. 영원히 부패하지 않는 미이라가 된 여자. 거친 운명에 맞선 불꽃의 여인이 바로 그녀다.

1막은 7월 아르헨티나의 어느 영화관. 갑자기 영화가 꺼지고 어둠 속에서 Don't Cry for Me Argentia!를 부르던 "에바 페론 서거"라는 속보가

뜬다. 수많은 아르헨티나 민중의 애도 속에 치러진 에바 페론의 장엄한 장례 행렬은 권위 그 자체다. 곧바로 20세기 신화적 정치인 중 하나로 기억되는 그녀의 삶을 비판적으로 볼 것을 강요하기 위하여 그녀의 고향으로 플래쉬백한다. 이 뮤지컬은 주인공 에바의 죽음으로부터 그녀의 진실이 담긴 일생을 재조명하는 구조다.

에비타는 '에바 페론'의 애칭. 1919년에 시골 빈민가에서 귀족과 가정부 사이에서 태어난 실존 인물이다. '에바 두아르테'는 1934년 고향 나이트클럽에서 노래를 부르다 아버지 두아르테가 사망했다는 전갈을 받고 장례식장을 찾아간다. 그러나 사생아라는 이유로 내쫓긴다. 고달픈 현실을 잊기 위해, 화려한 인생을 꿈꾸기 위해, 15세 소녀 에바는 첫 번째 연인인 탱고 가수 마갈디를 유혹해 대도시 부에노스아이레스로 떠난다. 모델, 성우, 배우로 변신하면서 남자들을 계속해서 편력해 나간다. 거장, 앤드류 로이드 웨버의 음악은 에바라는 욕망의 화신, 여신의 드라마틱한 삶을 완벽하게 구현해 낸다. 그러던 어느 날 노동운동하던 후안 도밍고 페론 노동부 장관은 1943년 아르헨티나를 강타한 지진 이재민을 돕기 위한 자선공연에서 에바를 보고 호감을 갖는다. 이 우연한 만남은 사랑으로 이어지고 에바의 운명을 단숨에 뒤바꾸어 버린다.

부인과 사별 후 함께 살고 있던 젊은 애인까지 내쫓고 페론의 여인이 되고자 에바는 그토록 원했던 배우의 삶조차 거침없이 버려 버린다. 아름다운 외모와 확신에 찬 연설로 민중의 지지를 얻은 그녀는 1945년 결혼식

영화 〈에비타〉 속 페론(조나단 프라이스)과 에비타(마돈나)

을 올린다. 에바의 나이 25세, 페론은 49세. 선거 유세에 동행하며 대중으로부터 폭발적인 인기를 얻어 페론을 대통령에 당선시킨다. 후안은 아내의 덕에 1946년 아르헨티나의 29대 대통령에 취임한다. 후안 페론이 집권하면서 소외당하고 멸시받았던 약자였음을 잊을 수 없었던 에바는 가난한 자들의 편에 서서 기금을 모으고, 노동자들을 위해 헌신적으로 일하며 불평등을 척결하기 위한 노력을 기울인다. 이에 감화된 수많은 국민들은 에바를 부통령 후보로 추대한다. 에바 페론이 되어 아르헨티나 현대사의 가장 중요한 인물 중 하나가 된 것이다. 하지만 육체를 무기로 성공을 거둔 그녀에게 출세의 도구로 사용된 몸은 민중들에게 원색적인 비난을 받는 이유가 되기도 한다.

한편 부통령 후보를 사임한 직후 에바 페론은 청천벽력과도 같은 암 말기 진단을 선고받는다. 안타깝게도 그녀는 찬란한 비상을 이끌었던 육신을 잃어버리고 1952년 7월 26일 33세의 나이로 세상을 하직한다. 에바의 시신은 후안의 시신과 함께 대중에게 공개되고 있다.

　뮤지컬 〈에비타〉 2막에 등장하는 체게바라와 에바가 왈츠를 추는 장면은 정말 인상 깊었다. 하지만 아르헨티나 현실에서는 체와 에비타의 나이 격차가 심해 극중에서처럼 직접적인 만남이 돈독하지 않았다 한다. 그럼에도 불구하고 극중에서는 관객의 몰입을 위해 인기 있는 체를 에바의 오브제로 사용한 것일 뿐.

　누구는 그녀를 민중의 어머니인 성녀라 하고 또 누구는 권력을 함부로 남용한 세기의 악녀라 부른다. 그렇다. 성녀라 평가하든 악녀라 평가하든 그것은 오직 그대의 취향일 뿐이다. 다만 가난한 한 소녀가 자신의 성공을 위해 미친듯이 기회를 포착했고 악착같이 부산을 떨며 남과 자신을 사용했던 것만은 분명한 사실이다.

　쏭스루(대사 없이 넘버만으로) 뮤지컬 답게 대사가 거의 없고 지속적으로 느린 쏭스루 간극에는 탱고와 왈츠가 몸과 몸을 비벼 변모하는 상황을 전달한다.

　가수 마돈나가 '에바 두아르떼'로 변신한 알란 파커 감독의 영화 〈에비타〉(1996)가 뮤지컬 〈에비타〉를 각색한 것이라는 걸 이번 기회에 알게 되었다. 에비타 시신이 24년 만에 가족묘역으로 옮겨진 레콜레타 묘지에 대해서도……

　역대 대통령, 정치인, 유명 연예인 등 많은 사람들 중에서 가장 방문객이 많은 묘는 누구의 묘역일까? 바로 '에비타'의 묘이다. 죽은 후에도 파란만장한 다큐를 연출한 그녀 무덤은 조각상 하나 없이 조촐하기 그지없

전 국민의 애도 속에 치러진 에바의 장례식 장면

에비타의 묘지, 레콜레타 공동묘지

다. 하지만 살아생전 쟁쟁했던 귀족들의 묘에는 꽃 한 송이 놓이지 않지만 죽은 지 50여 년이 지난 사생아 촌뜨기 에비타의 묘에는 오늘도 꽃을 든 사람들이 몰리고 있다.

Don't Cry For Me Argentina~ Don't Cry For Me Argentina~
Madonna의 목소리가 귀에 쟁쟁거린다.

캐스팅 : 마타하리(옥주현), 라두 대령(류정한), 아르망(엄기준)

프란츠 슈투크 〈댄서〉 1896

순전히 까마귀 울음 탓이었다

뮤지컬 〈마타하리〉
MATA HARI

‘마타하리’를 보는 순간 당신은 무엇이 떠오르나요? 매력의 화신, 고급 콜걸, 스파이, 첩보원, 정보원, 이중간첩, 정치 쇼에 조작된 공작의 희생자. 다~아 맞습니다. 무엇이라 불리든 한번쯤 저런 사랑의 화신이 되고 싶지 않으신가요?

네덜란드 레바르덴 출생인 그녀의 본명은 마가레타 거트루드 젤러 (1876~1917). 콜걸 스파이인 그녀는 출렁이는 검은 머리에 윤기 흐르는 올리브빛 피부, 커다랗고 깊은 갈색 눈, 아름다운 관능의 몸매를 지닌 섹시의 심벌이다. 실화가 소재인 창작 뮤지컬 〈마타하리〉는 세계 1차대전의 혼란한 시대 속에서 화려하고 신비한 동양의 춤으로 사람들을 매혹시킨다. 그녀의 드라마틱한 삶과 프랭크 와일드혼의 격정적이고 아름다운 음악, 125억 원의 제작비로 화려한 파리를 재현한 무대가 콜라보를 이룬 대망의 작품이다.

첫 신(scene)은 어렴풋이 밝아 오는 여명에 12명의 사수가 총을 겨눈 사형장에서 출발한다. 전시 중인 1917년 10월 15일 오전 7시경 파리 외곽 빈센느의 군 사격장. 숨막히는 침묵 속에 한 여성이 처형대에 섰다. 그녀는 사수들 앞에서 입고 있던 벨벳 긴 외투를 벗어 던지며 눈가리개를 거부한다. 41세 마타하리가 알몸에 시월의 침묵을 차갑게 두르는 순간 '탕' 총소리와 함께 옛날로 돌아가 젊은 날을 회상하며 이야기는 시작된다.

부유한 상인의 딸로 태어났으나 부친의 사업 실패로 힘겹게 레이덴 교육대학을 다녔다. 가난한 19세 처녀는 신문에 실린 구혼광고를 보고, 인도네시아 백인 장교인 20세 연상의 캠벨 매클라우드 대위와 결혼하여 26세까지 자바와 수마트라에서 살았다. 남편은 알코올중독자로 폭행과 외박의 명수였다. 불행한 결혼 생활에도 남매를 낳았으나 남편의 성병 때문에 아들을 잃고 만다. 이 일을 계기로 결혼 7년 만에 이혼을 하고 절망 대신 전통춤을 익히는 데 전력을 다한다.

빈털터리로 돌아온 파리 물랭루즈에서 오리엔탈 미모와 인도네시아에서 배운 밸리댄스는 그녀를 유럽 최고의 무희로 성장시킨다. 대중 앞에서 옷을 벗는 일이 흔치 않던 시절에 일곱 겹의 베일을 하나씩 벗어 가면서 알몸을 드러내는 도발적인 춤은 파격 그 자체였다. 제철을 연 고혹적이면서도 관능적인 동양춤은 유럽 전역에서 선풍적인 인기를 끌었다.

1917년 10월, 마타하리의 처형 장면

　어제 아침, '스파이' 마타하리가 총살당했다. 마타하리는 지난 7월 24일 파리의 3차 전쟁위원회에서 스파이 혐의로 사형을 선고받은 바 있다. 또한 그녀는 전쟁 전부터 독일군에게 금품을 받았고 베를린에서 정계 인사, 군인, 경찰들과 교제하며 독일의 스파이로 활동했다. (중략) 1917년 2월 13일, 마타하리는 프랑스 여행 중에 체포됐다.

-Le Petit Parisien 1917년 10월 16일자

유명 인사가 된 그녀의 공연은 늘 관객과 기자들로 가득찼고 전시 상황에도 국경을 자유롭게 넘나들 수 있는 특별한 인물이 되었다. 남성들이 더욱 열광하도록 매력을 돋보이게 하기 위해 이름을 '여명의 눈동자'라는 뜻의 '마타하리'로 고친다. 사교계의 꽃으로 거듭나자 유럽 각국의 고위층들이 벌떼처럼 몰려들었고 동양적인 신비로운 춤은 유럽 전역에 급속히 번져 나갔다. 미녀 스파이의 대명사인 그녀가 만난 고위층의 남자들은 프랑스, 네덜란드, 영국, 독일 프로이센의 황태자 등등 나라를 막론한 상류층 명사들이었다. 파리는 온통 마타하리와 사랑에 빠졌고 마타하리 사진 한 장은 그녀에게 질주하는 유일한 부적이었다.

1차 대전이 발발하자 독일 베를린에 머물렀다는 이유만으로 의혹을 가중시켰던 그녀는 전쟁에서 부상당한 20세 연하 애인 블라디미르 마슬로프를 만나기 위해 프랑스로 돌아오려 했지만 전쟁 전부터 행동을 수상히 여겼던 영국은 그녀를 체포하여 3차례나 고문하였다. 전쟁에서 프랑스가 불리한 상황에 놓이자 라두 대령이 그녀에게 접근해 과거 폭로를 빌미로 독일 스파이가 되어 정보를 제공하겠다는 조건 하에 프랑스로 겨우 돌아가게 하였다. 그러나 독일과 적대국이었던 프랑스는 들어가자마자 그녀를 체포한다. 죄목은 프랑스 정보를 독일 측에 팔아넘겼다는 것이다. 심문 과정에서 독일군을 도운 적이 결코 없다고 고백했지만 누구도 그녀의 말에 귀를 기울이려 하지 않았다.

그렇다면 그녀와 아르망과 라두 대령의 팽팽한 긴장감은 왜 미묘한

MATA HARI

삼각관계를 형성해야만 했을까? 군인 아르망은 또 누구인가? 마타하리가 목숨을 바쳐 사랑했던 항공사진을 찍는 파일럿이다. 우연히 위험에 처한 그녀를 구하다가 밤무대에 가려졌던 그녀의 순수한 모습을 건져준 유일한 연인이다. 처음 아르망은 라두 대령의 명령으로 그녀를 감시하기 위해 접근한 첩자였지만 사랑으로 발전되었다. 라두 대령의 불같은 질투는 그를 최전방인 비델로 보내 버림으로서 진정한 성찬이 되는데 일조를 한다.

목격자들은 말했다. 사형당하는 날 모피 칼라가 멋지게 달린 긴 검은색 벨벳 망토를 입고 있었다고. 그녀는 눈가리개를 거부했고 사수들에게 정겨운 손 키스까지 날렸다고. 마타하리는 마지막으로 밝힐 것이 있느냐는 질문에 "없다. 있다 하더라도 나만 간직할 것이다." 라고 답했다고. 이는 순전히 흐린 날씨 탓이었을 것이다. 까마귀 울음 탓이었을 것이다. 죽음으로 향하는 길이 이승보다 더욱 아름다웠기를……

연일 문전성시를 이루던 물랑루즈 마타하리의 벨 에포크(아름다운 시대)! '마돈나만큼이나 알려져 유럽 왕족을 제외하고는 가장 유명한 인물'이었다고 뉴욕타임지가 평했던 그녀. 그녀가 죽음을 향해 홀로 외로이 걸어가고 있을 때 그녀를 열열히 신봉하던 무리들은 다 어디 있었던 것일까? 사건의 소용돌이에 휘말린 그녀를 변호하기 위해 감히 나서는 사람은 단 한 명도 없었다. 들끓는 프랑스는 연이은 실패를 변명하기 위해 정치적 희생양이 필요했고, 치명적인 내부의 스캔들을 빨리 끝내기 위해 누군가가 모든 비밀을 짊어지고 사라지길 원했다. 재판은 순식간에 끝났고, 전쟁 중이라는 명목 하에 서둘러 사형집행이 이루어졌다. 1999년 비밀 해제된 영국의 제1차 세계대전 관련 문서에는 마타하리가 군사기밀을 독일에 넘긴 어떠한 증거도 없다고 밝히고 있다. 마타하리가 실제로 스파이였는지 아니었는지는 아무도 모른다. 과연 무엇이 진실이었을까?

달근하게 여전히 회자되며, 싱싱한 날것을 거칠게 한 입 베어 문 그로부터 또 세월은 흘렀다. 올해가 그녀가 간 지 꼭 100주년 되는 해이다. 그녀의 드라마틱한 삶은 시대를 뛰어넘어 수십 편의 영화와 연극, 뮤지컬, 단행본으로 명성을 이어 간다. 오리엔탈적인 요소로 샤워를 받은 마타하리 증후군은 퇴색하지도 사라지지도 않는다. 1932년 영화 〈마타하리〉에서는 미녀 스파이의 아이콘을 '그레타 가르보'가, 1985년 영화 〈마타하리〉에서는 당대의 섹스 심벌이었던 '실비아 크리스텔'이 그녀 역을 맡아 치명적 요부의 매력을 열연했다. '팜프파탈', '이중 스파이'의 대명사로 자리잡은 주인공들은 새로운 이미지를 창조해 독보적인 존재감과 관능적인 카리스마를 전파하는데 주저함이 없었다.

마지막 장면은 텅 빈 무대다. 마타하리와 조명만이 존재하는 마지막 순간에 옥주현은 '마지막 순간'을 실추된 가치와, 가면이 벗겨진 환상은

다같이 초라한 외모라는 듯 열창한다. 한순간 소녀의 모습을 찾아 주었
던 아르망을 그리며 사형 직전의 아주 담담한 표정으로 자신만의 사랑
을 노래하는 아름다운 마타하리!

2019. 향기.

프로듀서 : 장상용

연출 : 오세혁

캐스팅 : 백석(강필석, 오종혁), 자야(정운선, 최연우), 사내(안재영, 유승현)

세상 같은 건 더러워서 버리는 것

뮤지컬 〈나와 나타샤와 흰 당나귀〉

가난한 내가 아름다운 나타샤를 사랑해서
오늘밤은 눈이 푹푹 내린다

나타샤는 사랑을 하고 눈은 푹푹 날리고
나는 혼자 쓸쓸히 앉아 소주를 마신다
소주를 마시며 생각한다
나타샤와 나는
눈이 푹푹 쌓이는 밤 흰 당나귀를 타고
산골로 가자
출출히 우는 깊은 산골로 가 마가리에 살자
눈은 푹푹 내리고 나는 나타샤를 생각했고
나타샤가 아니 올 리 없다

언제 벌써 내 속에 고조곤히 와 이야기한다
산골로 가는 것은 세상한테 지는 것이 아니다
세상 같은 건 더러워 버리는 것이다

눈은 푹푹 나리고
아름다운 나타샤는 나를 사랑하고
어데서 흰 당나귀도 오늘밤이 좋아서
응앙응앙 울을 것이다.

−백석 「나와 나타샤와 흰 당나귀」

자야(본명 : 김영한, 불명 : 길상화, 진향, 1916~1999)의 기억 속으로 뒷머리 휘날리기를 좋아했던 백석(본명 : 백기행, 1912~1996)의 시가 찾아들며 이야기는 시작된다. 애정하는 늙은 자야의 기억과 백석의 언어가 극의 중심이다. 슬프

도록 아름다운 이 미완의 사랑은 시 「나와 나타샤와 흰 당나귀」가 무대 위로 다소곳이 낭송되는 가운데 나이든 자야가 걸음을 옮긴다.

평안북도 정주에서 출생한 백석은 1930년 조선일보 신춘문에 단편소설 「그 모(母)와 아들」로 데뷔하고 단 한 권의 시집 『사슴』(1936)을 발간하고는 한국전쟁으로 인해 영영 잊혀졌다. 연인의 비극적인 만남·좌절·이별·동거·질투 그리고 영원한 이별·지난날의 후회를 재현하는 것도 모두 자야다. 자야의 회상 속에서 젊은 날의 백석이 그녀에게 찾아온다. 눈이 내릴 것만 같은 겨울날 고향으로 가자고 그녀에게 손을 내민다. 그녀 앞에 나타난 연두색 수트의 젊은 백석을 보고 설레었다가 다시 허리 굽은 늙은 자야로 돌아가 사무치는 지난날에 대한 그리움에 눈물을 흘리기도 한다. 불꽃같던 사랑, 그 긴긴 기다림, 가슴이 갈기갈기 찢어지는 사무치는 그리움도, 안타까움에 목이 메이는 것도 모두 자야의 몫이다.

세상의 구속으로부터 멀리 출출이(뱁새)만 외로이 우는 마가리(깊은 산골)로 도피하려는 시인의 낭만에 나타샤가 함께한다. 회오리바람을 타고 죽음을 앞둔 한 여자가 인생을 되돌아본다. 그녀가 돌아보는 것은 유년 시절의 찬란함일 수도 있고, 직업 생활의 고단함일 수도 있다. 이 즐비한 사건들 속 함흥 최고의 기생 진향이 선택한 것은 한 시인이다. 그녀 평생을 걸쳐 사랑했던 한 시인, 연두색 더블수트가 로맨틱한 백석.

27세에 생을 마감한 윤동주 시인이 가장 흠모한 시인. 시인이 되고자

그래 우리만 있다면
세상 같은 건
밖에 나도 좋다

하는 사람들이 제일 먼저 사랑하게 되는 시인. 단 한 권의 시집을 남긴 시
인. 모던보이 패션 시인. 이데올로기의 벽에 가로막혀 오랫동안 잊혔다가
부활한 시인. 방송과 문화콘텐츠로 다시 살아난 시인 백석. 그는 여복도
진짜 많았다. 자야는 그만을 위해 돈을 벌고 그를 위해 통 큰 시주를 하
고 시주를 하면서도 그런 모든 행위들에 대해 "나의 천 억(법정 스님께 시주한
대원각, 훗날 길상사)이 그 사람 시 한 줄 만 못해."라는 말로 함축한다. 그뿐

만이 아니다. 그녀가 병상에 누워 죽어 갈 때 일간지 기자가 그녀를 인터뷰하러 찾아갔다. "난 다시 태어나면 시인이 될 거예요. 그러나 한국이 아닌 다른 나라의 시인이 되고 싶어요."라고 말했다 한다. 두 사람이 흩뿌려 주는 꽃잎파리 향기 같은 사랑이 알싸하기만 하다. 꼭 폴 빌리어드의 『위그든 씨, 사탕가게』에서 박하사탕의 향기를 맡았던 때처럼 흠흠~

  시대를 앞서간 천재시인 하얀 돌멩이. 상상하거나 기억하다가 만나게 되는 작품 속 여성상은 전통적이다. 한 남자를 기다리는 고루한 인물이라고 생각할 수도 있지만 생존을 위해 백석이 그토록 싫어하던 기생 일을 다시 시작하는 끈질긴 생활력은 대단히 주체적이다. 부모에게 효도할 수 있는 기회를 뺏지 않기 위해 3년간의 동거를 끝내고 백석을 따라 나서지 않는다. 백석과 자야의 삶은 멀리서 보아도 비극이다. 이 비련의 뮤지컬을 내가 따뜻하다고 말하는 것은 그들이 다시 태어나 스러지고 소멸해 버린 사랑을 쓰다듬으며 사랑의 고통과 슬픔을 정확하게 들여다보기 때문이다. 평생 모질게 악착같이 돈을 벌어 그의 시에 바친 숭고한 사랑. 자야의

나와 나타샤와 흰 당나귀

기억과 백석의 시가 선택되어 대나무가 빽빽한 무대 위에 이야기로 펼쳐진다. 함흥 영생고보 교사들의 회식 자리에서 인텔리 기생 진향과 운명적으로 만나 사랑이 싹튼다. 중국 고대 전쟁터에 나간 여인 자야의 이야기를 쓴 이백의 한시 「자야 오가」에서 딴 이름 '자야'를 그녀에게 선물한다. 그날로 그녀는 백석의 고유한 자야가 된다.

"어느 사이에 나는 아내도 없고, 또,/아내와 같이 살던 집도 없어지고/그리고 살뜰한 부모며 동생과도 멀리 떨어져서/그 어느 바람 세인 쓸쓸한 거리 끝에 헤매이었다/(…)낮이나 밤이나 나는 나 혼자도 너무 많은 것같이 생각하며/달옹배기에 북덕불이라도 담겨 오면/이것을 안고 손을 쬐며 재 우에 뜻없이 글자를 쓰기도 하며/또 문 밖에 나가지두 않고 자리에 누워서/머리에 손깍지 베개를 하고 굴기도 하면서/(…)내 슬픔이며 어리석음이며를 소처럼 연하여 쌔김질하는 것이었다//내 가슴이 꽉 메어 올 적이며/내 눈에 뜨거운 것이 핑 괴일 적이며/또 내 스스로 화끈 낯이 붉도록 부끄러울 적이며/나는 내 슬픔과 어리석음에 눌리어 죽을 수밖에 없는 것을 느끼는 것이었다//(…)"

가슴이 절절해지는 「남신의주 유동 박씨봉방」 넘버를 듣고 있노라니 불현듯 남신의주에 있는 박씨봉방이 가 보고 싶어진다. 천천히 걸어서 임진강의 돌아오지 않는 다리를 건너서 개성·평양을 지나 유동 그 방에 들어 백석이 베고 자던 때 묻은 목침에 머리도 얹어 보고 횟대에 옷을 걸어 보기도 하면서 온몸으로 사랑을 잃어버린 그 쓸쓸함을 절절하게 느껴 보고 싶기도 하였다.

그녀의 심적 변화를 나타내는 데 가장 힘쓴 것은 다름 아닌 다양한 한복이었다. 의상을 통해 이별의 통한과 그리움을 더 크게 확대되었다. 지루한 빈틈을 강렬한 색채로 채워 주는 '북관의 계집' 넘버는 어두운 무대에 빛을 발한다. 함초롬히 내려앉는 붉은 치마를 양손으로 활짝 펴서 보자기처럼 이리저리 휘저으며 무너지는 자야의 모습은 그대로 고통을 감각적으로 구현해 낸다. 이어서 노인 자야가 입는 까만 장옷, 젊은 날의 연분홍색 치마, 기생 때 입은 붉은 치마, 죽음의 상징인 소복. 백석의 흰 양복과 주황색 타이, 엔딩 때 자야를 찾아오며 입은 초록색 양복. 시공간을 설명하는 대신 색감을 통해 회상과 실재를 파악하도록 관객을 유도한다. 목숨, 아니 목숨 같은 사랑을 기꺼이 내려놓게 만드는 이 궁극의 역설은 무엇일까?

훗날 시 속에 나타난 자야가 자신임을 깨닫고 전율로 찾아오는 감동과 그의 부재에 대한 슬픈 애가에는 눈을 뗄 수가 없었다. 눈이 펑펑 나리는 날, 손을 꼭 잡고 대나무 숲 저편 마가리로 걸어가는 사랑의 뒷모습에 눈물을 흘리는 건 당연한 일이었다. 행여나 하는 마음에 뒤돌아보며 서로에게 한 줄의 시가 되고 서로에게 서로의 전부를 주었던 詩! "저는 이 시만 있으면 아무래도 괜찮아요."라며 톨스토이의 『전쟁과 평화』 속 주인공 나타샤는 푹푹 빠지는 산골 마가리로 걸어 들어간다. 점점 희미해지는 나타샤를 바라다보는 일은, 당분간 여인이 아니길, 영원히

사랑만이길. 약 20여 편의 백석의 시가 모든 넘버의 모티브가 되고 그 노래의 이유가 되는 그들의 사랑. 단조로운 피아노 건반 하나로 사랑의 천만 가지 감성을 녹여 극의 전달력을 높인다. 조용조용하고 고아한 우리 문학의 힘을 본다. "우리를 흔들고 동요시키는 것이 인생이라면 우리를 안정시키고 확립시키는 것은 문학이다."라던 캐러드가 생각난다. 고전 감성인 로맨스 뮤지컬로 인해 시집 한 권을 무궁히 살다 나온 것 같은 느낌, 후회가 남지 않도록 화사하게 염불을 한 느낌.

백석의 나타샤가 누구였는지에 대해서는 아직까지도 의견이 분분하다. 학설에 따르면, 나타샤는 문예지의 통영의 어느 여기자이기도 하고 다른 기생이기도 하다는 것이다. 자야 김영한의 회고로 많은 부분이 설명되기 때문에 한편에서는 의심 어린 눈초리를 보내는 게 당연하기도 하다. 그러나 모던보이 훈남 백석의 나타샤가 누군들 어떠랴. 낭창낭창한 그대면 어떻고 또 궁시렁궁시렁하는 나면 어떠랴. 실상과 허상 사이를 이렇게 맴돌다 가는 게 인생 아닌가베.

지구별 여행자인 이 작품은 드라마틱, 센세이션이 없어 평소에 시를 자주 접하지 않은 관객들은 지루함과 답답증으로 집중하기가 조금은 힘이 들 수도 있겠다. 생소한 사내 캐릭터, 백석의 친구로서 과거의 백석과 현재의 자야를 연결해 주는 미지의 인물은 중간에 선 중간자의 입장을 잘 표현했다. 뮤지컬 〈나와 나타샤와 흰 당나귀〉는 제6회 예그린뮤지컬어워드 시상식에서 극본상을 수상하는 영광을 안으며, 실존 시인의 작품과 사랑 이야기를 극적으로 재해석했다는 평가를 받았다.

백석 시에 방점을 찍은 오늘은 술 권하는 날. 세상에 詩가 밥이 되다니…… 문학적 감정이 완전 무장해제가 되어서, 으앙으앙~~ 기뻐서 울고 또 슬퍼서 으앙으앙~~

하쿠나 마타타(Hakuna Matata)＊

뮤지컬 〈라이온 킹〉
The Lion King

어흥! 사자다~ 사자가 나타났다~ 야생의 사자가 우리를 탈출했다고 서울 장안이 온통 시끄럽다. 흥분한 도심의 관객들은 호랑이를 잡으러 호랑이 굴로 가야 한다고, 아프리카 사자를 찾아 극장으로 몰려들었다. 동생에게 살해당한 왕과 그 아들의 비극적인 이야기를 다룬 셰익스피어의 4대 비극 중 하나이며 디즈니의 애니메이션 〈라이온 킹〉이 모티브가 된 이 작품은? 영화감독, 오페라 연출가, 의상 아티스트인 줄리 테이머가 연출한 뮤지컬 〈라이온 킹〉이다. 그녀는 여성으로서는 최초로 토니상에서 연출상을 거머쥔 인물로 독특한 감성과 과감한 해석, 천재적인 상상력으로 세계의 관객들을 울고 웃긴다. 이 작품은 엘튼 존과 팀 라이스의 숨막히는 음악으로 이어진다. 장장 세 시간의 대장정에도 불구하고 유사품인 〈햄릿〉의 힘은 막강했다.

＊ 하쿠나 마타타(Hakuna Matata) : 아프리카 노래 「근심 걱정은 잊어버려라!」

초연 포스터 1997년 미국 브로드웨이

연출 : 줄리 테이머
극본 : 로저 앨리스, 아이린 메치
안무 : 가스퍼건

가족 뮤지컬 〈The Lion King〉은 영혼의 성장을 그린 충격적인 블록버
스터 문화상품. 어느 문화권에서나 발견할 수 있는 가면을 뮤지컬에 도
입하여 획기적인 무대로 승화시켰다. 원시의 생명들로 가득찬 무대는 동
물들의 왕국이다. 동물의 눈에서 인간을 보는 동물들의 카니발이다. 인
간의 눈을 신의 눈으로 체험하는 아프리카 초원이다. 동물로 동물을 뛰
어넘는 신화적 상상의 지평은 이미 무한대다.

'가면'은 신화적 공간이다. 가면은 카니발적 공간이다. 인간은 아침에
눈뜨며 부터 거울을 보고 화장을 하며 머리를 빗는다. 이렇게 인간은 눈
뜨는 순간부터 수많은 가면을 바꿔 쓰며 하루를 살아간다. 고대 이집트
의 가면은 신과 같은 존재로 격상시키기 위한 신령한 매개물이었다. 죽은
사람의 얼굴에 쓰는 동물 모양의 가면은 죽음의 공포에 직면했을 때 신

과 같은 힘이 샘솟기를, 살아 있는 자들은 병마와 사고로부터 벗어나고자 가면을 썼던 것이다. 무대에서 가면을 사용한 것은 고대 그리스의 비극배우 테스피스(Thespis)가 최초로 얼굴에 분가루를 바른 것이 가면으로 발전했다고 전한다. 토템연극에서 상반신을 하얗게 칠하는 것, 중국 연극인 '경극'에서 얼굴을 채색하는 것, 인도의 연극 '카타 칼리'에서 쌀가루 반죽 분장, 일본의 가면극 '노'(能)의 하얀 얼굴 등이다. 또한 중세 유럽의 가면무도회는 보통의 무도회보다 더 소란스러워지곤 했는데, 이는 얼굴을 가린 가면 때문에 손님들의 억제 심리가 풀어지기 때문이었다. 그러나 내가 본 아프리카는 가면 쓴 우리들과 달리 가면을 쓰지 않은 진실이었다.

어쨌든 인간은 가면을 쓰는 순간부터 일상의 자기를 잊는다. 인간의 한계를 넘어 우주적 존재에 다다르고 다시 영원을 예감하는 원초적 욕망을 살게 된다. 가면은 미지의 두려움을 극복하고 오히려 그 대상을 물신화시켜 자신의 영역 속으로 끌어들이고 다시 스스로를 확장한다. 가면은 주술적 가면, 현실 너머의 현실을 비춰 주는 가면, 억압된 자아를 풀어 주는 가면, 상처를 치유해 주는 가면이 있는가 하면 위장과 변신, 위반과 배출, 전복과 해방, 은폐와 혁명의 가면이 있다. 이렇듯 가면에는 개인적, 사회적 욕망이 가득 담겨 있기 마련이다. 허구이며 가짜 얼굴을 가지고 가면이 만나는 것은 오히려 진짜 얼굴인 것이다.

욕망은 근원적인 결핍 태이며 환유이기 때문에 욕망 충족은 불가능하

다고 외치는 라캉이나, 모든 예술작품은 그 자체가 욕망하는 기계라고 일갈하는 들뢰즈와 가타리를 오늘밤엔 집에서 푹 좀 주무시라고 이불이나 덮어 주고 나오시라. 나와서 잠시 우리끼리 저 넓은 초원을 질주하는 동물이 되어 보자. 아예 수심(獸心)을 인면(人面) 위에 덮어쓰고 말이다. 짐승 같은 놈, 짐승 같은 년이 되어 인광이 번뜩이는 풋것들의 냄새 가득한 숲속에 누워 흐르는 물소리에 귀기울여 본들 또 어떠랴.

잘 알고 있지 않는가? 우리 고전 속의 해학을, 천하디 천한 광대들이 얼굴에 탈을 쓰고 양반들을 놀려먹는 시원한 풍자와 패러디를. 바로 그것이다. 이 라이온 킹에서 말하고자 하는 요점도 인간의 본성(Human nature) 즉 인간의 욕망 가운데 '윤회(Circle of Life)'라는 심오한 테마에 인간이 지닌 권력과 탐욕, 사랑과 우정, 슬픔과 기쁨들을 버무려 내놓은 것이다.

제1막(Act) 무대를 가리고 있던 커튼이 열린다

시원의 적막, 끝 간 데 없이 펼쳐진 아프리카 초원 속에 뚝 떨어졌다. 태양을 흠모하는 개코원숭이 주술사 라피키를 만나 함께 신나게 '생명의 찬가'를 힘차게 부른다. 관객들의 탄성을 가로질러 우아하게 걸어오는 길짐승과 날짐승들, 뮤지컬 〈라이온 킹〉의 신화는 이 압도적인 오프닝과 함께 시작된다. 저 대지의 모음으로부터 온몸을 통과해 터져 나오는 라이브. 영혼을 뒤흔들다 못해 심장이 터질 것 같다. 오감을 사로잡는 완벽한 크리에이티브(Creative), 스테이지 매직(Stage Magic). 첫 장면부터 너무 싱싱한, 웅장한 코러스로 관객을 압도한다.

그 순간 무대 위로 붉은 태양이 찬란하게 솟아오른다. 동물의 왕국 프라이드랜드(Pride Land)로 하나 둘 '심바의 탄생'을 축하하러 아프리카의 모든 동물들이 모이는 첫 장면은 가히 인상적이다. 이름 모를 형형색색의 새들이 하늘을 날고 객석 통로에서는 기린이 오가고 치이타가 하품하고 거대한 초대형 코끼리가 어슬렁어슬렁 걸어 나오고~ 이 장면은 앙드레류의 오케스트라 공연장에서 현란한 바이올린 음색에 맞춰 객석 중간중간에서 말 60마리가 걸어 나오던 장면과 흡사했다. 제한된 무대를 탈피하여 공간 곳곳에서 튀어나오는 배우와 동물들이 빚어 내는 완벽한 춤의 조화는 환상 그 자체다.

어느 날 무파사왕은 어린 아들을 데리고 빛으로 충만한 왕국을 내려다보며, 왕자에 오르기 위한 '생명의 순환(Circle of Life)'의 이념을 가르친다. "사자도 죽으면 풀이 되고 그 풀을 초식동물이 먹고 그 초식동물을 사자가 먹는단다. 이 세상은 반복되는 생명의 조화 즉 윤회의 바퀴란다. 왕은 이 윤회의 법칙을 받아들여 모든 생명을 존중해야 해."라고 말하면서 저쪽 어둠의 땅에는 절대 가지 말라고 거듭 다짐을 한다. 형, 무파사 왕을 죽이고 왕이 되고 싶었던 동생 스카는 조카 심바를 어둠의 계곡 코끼리 무덤으로 안내한다. 위기에 처한 아들의 소식을 앵무새로부터 전해 들은 무파사는 코끼리 무덤으로 달려가 심바를 구한다. 두 번째 위기에 처한 심바를 구하던 무파사는 절벽 위에 올랐다가 스카가 밀치는 바람에 계곡으로 떨어진다. 그때 갑자기 하이에나에게 쫓기던 물소 떼들이 질주한다. 높은 산등성이에서 댐이 갑자기 터져 물이 방류되는 것처럼, 땅이 갈라지고 함몰되는 함성처럼, 객석을 향해 물소 떼들이 돌진한다. 무파사는 밟혀 죽고 나도 함께 밟혀 죽는 줄 알았다. 오! 이런 명장면은 직접 보지 않고는 그 감동을 전할 수 없다. 상상의 천재, 연출의 천재, 입장료가 전혀 아깝지 않다. 관람 중 최고의 무대연출 장면을 꼽으라면 이 장면과 무대 바닥에서 솟아오르는 '프라이드 록'과 자벌레처럼 꼬물꼬물 내몸 구석까지 기어오던 애벌레들의 솜털 같은 움직임을 들겠다.

심바는 아버지가 깊은 잠에 빠진 것이라며 대지에 편하게 누워 있는 그의 품속에 들어가 눕는다. 왕비와 암사자들이 모여 슬피 울 때 두 눈에서 갑자기 하얀 리본을 두 손으로 아래까지 길게 잡아당긴다. 그 발상이 얼마나 신선하고 우습던지 그게 그들의 눈물이었는데 난 그만 그들의 사라지지 않는 눈물을 보고 폭소가 터졌으니…….

그 뒤, 살인자 삼촌 스카는 "아버지를 죽인 것은 너니 다시는 이 왕국에 돌아오지 말라."며 심바를 내쫓고 왕위에 오른다. 한편 충격과 자책에 빠진 심바는 낯선 초원에서 탈진하여 쓰러져 있다가 멧돼지 품바와 미아 캣인 티몬에게 발견되어 그들의 인생철학이 담긴 '하쿠나 마타타(걱정하지마)'라는 노래로 위로받으며 늠름한 사자로 성장한다.

제2막(Act) 무대를 가리고 있던 커튼이 열린다

심바는 티몬과 품바와 잘 놀다가도 언듯언듯 자신도 모르게 온몸에 흐르는 전류 같은 것을 느낀다. 그 야성에 흠칫 놀라 쓸쓸해질 때면 어

The Lion King

린 시절 아버지와 밤하늘에 떠 있는 별들을 바라보며 나누었던 말들이 생각났다. "우린 친구죠? 우린 영원히 함께할 거죠? 암, 아들아~ 오르지 못할 산은 없어. 과거의 위대한 왕들이 널 지켜보고 있어. 그리고 널 인도해 주실 거야. 그분들은 언제나 네 안에 살아 계시니까. 그러니 네가 혼자라고 느낄 때마다 잊지 말고 기억하렴. 내가 저 하늘에서 도와주고 인도하고 있다는 것을. 영원토록."

바로 그때. 보이지 않는 아버지에 대한 죄책감 때문에 감히 왕국으로 돌아갈 마음조차 내지 못하던 심바에게 예상 밖으로 멋지게 성장한 날라가 나타난다. 어린 시절 단짝 여자친구 날라는 주술사와 함께 심바를 호수가로 데리고 가서 물에 비친 자신의 얼굴을 자세히 들여다보라고 한다. 물에 비친 자신의 모습에서 아빠가 말한다. "아버지도 할아버지도 네 안에 살아 계신다. 너야말로 진정한 왕이 되어야 한다. 잊지 마라, 네가 누구인지. 넌 지금 모습 이상의 존재야. 돌아가서 자연의 질서 속에서 네 자리를 지키렴. 잊지 말고 기억해라, 네가 누구인지."

"스카 삼촌이 군림한 이래로 황폐해질대로 황폐해진 왕국 이야기를 나라로부터 들은 심바가 불현듯 왕궁으로 돌아갈 결심을 한다. 갈기를 휘날리며 광야를 박차고 내달린다. 고향을 향해~ 마침내 스카와 일대 결전을 벌인다. 비참한 스카의 패배, 그리고 곧이어 심바의 태평성대가 펼쳐진다. 그와 나라 사이에 어린 왕자가 태어난다. 심바가 왕을 넘어 포식자 뮤지컬 킹이 된 것이다. 서클 오브 마인드가 울려 퍼지며 막이 내린다.

피터 파울 루벤스 〈사자굴 속의 다니엘〉 부분 1615

이 작품은 가발 쓰고 분칠한 동물들의 흉내가 아니다. 아와지의 분가
쿠나 하치오지의 구루마닌교나 서양의 바보 같은 마리오네트 인형극이
아니다. 모여라 꿈동산에서 가면 쓰고 나오는 그런 류가 아니다.

아프리카로 날아온 2시간 40분은 마냥 자유롭고 행복한 밀림의 시간이었다. 와~와~ 우! 우! 그리고 주억거리다 찔끔. 나는 무대의 동물보다 더 다양한 동물들의 외침과 환호를 객석에서 보았다. 어떤 뮤지컬과도 비교되지 않는 시각적 효과라고, 동물 카니발에 참석한 동물 관객들이 하나같이 소리소리 질러대는 것을. 주요 상을 8개 이상 수상하며 브로드웨이를 평정한 〈라이온 킹〉은 지금도 브로드웨이의 주인공 노릇을 하고 있다.

"보여진 것은 그것을 본 사람에 의해 소유된다."는 사르트르의 말이 경탄스럽게 울려퍼지는 이 동물제(祭)는 아직도 내 심장에서 라 보엠의 아프리칸 사운드로 둥둥둥둥~ 지구를 흔들고 있다.

* 참고문헌

무라카미 하루키『1Q84』
가스통 루드『오페라의 유령』
에리히프롬『사랑은 기술인가』
귀스타브 르 봉『군중』
에드워드 고든 크레이그『연극 예술론』
폴 빌리어드『위그든씨의 사탕가게』

* 무료 이미지 pixabay에서 차용

p36, p104, p152, p166, p191

* 위키백과사전
* Naver, Daum 블로그